SABINE
LETTAU

Bonam Noctem

Schauerromantische
Geschichten

Sabine Lettau
Freiberger Str. 20, 01723 Wilsdruff
nebelmoenche@t-online.de
facebook.com/sabine.lettau.autorin
Alle Rechte vorbehalten

Bonam Noctem - Schauerromantische Geschichten

Text © Sabine Lettau, 2021
Cover & Umschlaggestaltung: Phantasmal Image
Lektorat/Korrektorat: Anja Feldhorst
Satz & Layout: Phantasmal Image
Covergrafik © shutterstock
Innengrafiken © shutterstock

ISBN 978-3-75576-0-924

Imprint: Independently published

Herstellung und Verlag: BoD – Books on Demand, Norderstedt

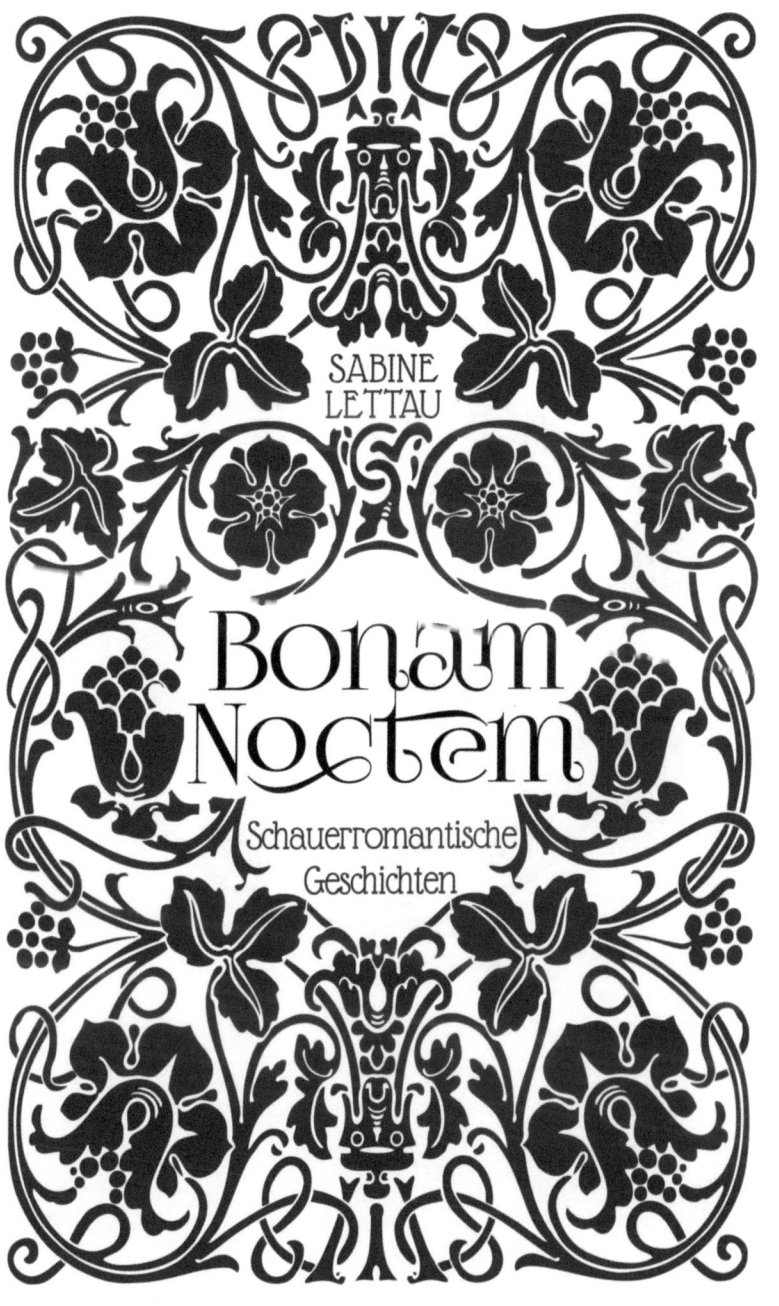

SABINE
LETTAU

Bonum Noctem

Schauerromantische Geschichten

Für alle,
die schaurige
und
romantische
Geschichten
lieben.

Inhalt

Nachts im Schloss

Ben musste nur über die schmale Steinbrücke gehen, auf die andere Seite zum Tor. Der rechte Torflügel klaffte einen Spalt auf. Er stand immer offen und doch traute sich niemand, ihn ganz aufzuschieben und hineinzugehen. Ben hatte das Flüstern der Leute gehört, die Legenden. Man erzählte sich von Vorwitzigen, die nie wiederkamen. Rufe soll man vernommen haben, Hilfeschreie. Den Wald mit dem Schloss betraten seit mehr als hundert Jahren nur Todesmutige.

Seine Kumpel standen direkt hinter ihm und grölten. Sie hatten schon etliche Biere getrunken. Eine Flasche mit klarem Schnaps kreiste. Es war nur noch eine Frage von Sekunden, bis sie seinen Mut infrage stellen würden.

„Sollen wir Mutti holen, damit du nicht allein gehen musst?" Wieherndes Gelächter.

Ben ignorierte es und tat den ersten Schritt. Es dämmerte bereits. Die Luft schien kälter zu werden, als er die Brücke betrat. Er zog den Kragen seiner Jacke hoch.

„OOOHHH!" Sie machten die Welle hinter ihm, um ihn anzufeuern. Keiner von ihnen hatte bisher den Mut gehabt, diesen Weg zu gehen.

Er straffte seine Schultern und versuchte, das Gebäude auf der anderen Seite nüchtern zu betrachten. Es war ein sogenanntes Bürgerschloss, erbaut von einem reichen Industriellen in der Mitte des neunzehnten Jahrhunderts. Erker, Steinfiguren, wie der Wasserspeier oberhalb des Eingangs und der riesige Greif auf dem Dach, gaben ihm ein märchenhaftes Aussehen. Der Turm seitlich am Bauwerk – direkt über der Schlucht – wirkte überdimensioniert im Verhältnis zum Gesamtbau. Das Gebäude schirmte ihn ab wie ein Schutzschild.

Sein Geld und das prächtige Schloss hatten dem Erbauer kein Glück gebracht. Die Frau starb bei der Entbindung ihres einzigen Kindes. Er blieb allein mit seiner Tochter. Einsam, eigenbrötlerisch, verbittert.

Über die Tochter des Industriellen wusste man fast nichts im Dorf. Sie durfte das Schloss nur selten verlassen. Wenn, dann fuhr ihr Vater mit ihr in einer geschlossenen Kutsche mit zugezogenen Vorhängen. Sie hätte dunkles, lockiges Haar und eine zauberhafte Stimme gehabt, lautete die einzige Überlieferung von Neugierigen, die sich auf die Lauer gelegt hatten, um einen Blick zu erhaschen. An ihrem siebzehnten Geburtstag wurde der Mythos um sie und ihre Familie noch größer. An diesem Tag stürzte sie vom Schlossturm herab, in die Schlucht unter der Steinbrücke.

Von dem Moment an vergrub sich der Vater noch mehr in seinem Schloss. Er entließ alle Angestellten bis auf seinen alten Butler. Stille umgab das Gemäuer. Ein Schatten lag darüber. Selbst die Tiere schienen das Haus zu meiden. Nur Krähen und Raben sah man auf den Mauern sitzen – erzählten die Alten im Dorf.

Während Ben die Brücke überquerte, behielt er das Schloss fest im Auge. Der Wasserspeier wirkte aus der Nähe wie einem Fantasyroman entsprungen. Ein zähnefletschender Hund mit Steinlocken auf dem Kopf und an den Gliedmaßen. Der Blick des Wasserspeiers löste in Ben das Bedürfnis aus, umzukehren. Die steinernen Augen schienen ihn zu hypnotisieren. Klar, dass sich die Weicheier hinter ihm hier nicht hineintrauten.

Er schüttelte die Beklemmung ab und richtete seinen Blick auf das Tor. Es war mächtig, aus dickem

Holz gezimmert, mit Eisenbeschlägen. Der aufklaffende Flügel gewährte einen Blick in die schwärzeste Schwärze, die Ben jemals gesehen hatte, auf alte Steinfliesen, die nach wenigen Zentimetern von der Finsternis verschluckt wurden. Seine Kumpel johlten am anderen Ende der Brücke.

Zögernd streckte Ben die rechte Hand aus und schob den Torflügel weiter auf. Er war schwer und knarrte. Muffige Luft schlug ihm entgegen. Im Windzug raschelten trockene Blätter auf dem Fußboden. Das hinter Ben einfallende Licht traf auf einen schweren, dunklen Vorhang, der ein riesiges Fenster verhüllte. Er trat ein, lief zaghaft ein paar Meter. Seine Schritte hallten, der Raum war hoch und weitläufig. Wind wirbelte das Laub auf. Ben ging weiter und die Rufe seiner Freunde verstummten. Er grinste.

Das habt ihr mir nicht zugetraut! Niemand hat das von mir erwartet.

Er tastete nach seinem Handy. Es war verschwunden! Jemand musste es ihm weggenommen haben. Er war sich sicher, dass er es in seine Jackentasche gesteckt hatte.

Damit ich keine Hilfe holen kann, falls Zombies oder Geister auf mich zustürzen!

Die Fantasien, was sich in dem Gemäuer verbergen könnte, waren immer höher getrieben worden. Zurückgehen konnte er nicht, weil dann seine Kumpels glauben würden, er hätte nur eine Ausrede gesucht, um nicht hineingehen zu müssen.

Heimtückische Bande! Aber wartet ab. Ich werde es euch zeigen!

Seine Schritte wurden fester, entschlossener. Er durchquerte die Halle und betrat einen Gang. Türen mündeten in ihn und durch die Öffnungen sickerte fahles Licht bis in den Flur. Es würde schnell dunkel werden. Ben war klar, dass er sich beeilen musste.

Er blickte sich in dem Korridor um. Die Wände waren kahl, die feuchten Tapeten hingen in Fetzen herab. Putz bröckelte. An der ersten Türöffnung wagte er einen Blick in das Zimmer. Verschrammtes Parkett, Modergeruch, ein zerfressener Teppich. Bücherregale mit zerborstenen Brettern, zerfledderte Buchleichen auf dem Boden. Eine altmodische Laterne mit Kerze stand auf dem Fußboden in der Mitte des Raums. Er war heilfroh, dass er wenigstens ein Feuerzeug bei sich hatte. Rasch zündete er die Kerze an und der warme Lichtschein warf einen sanften Schein auf den morbiden Ort.

Er ging weiter. Links und rechts folgten verlassene, verlorene Räume. Der Gang verzweigte sich. Ben zögerte und bog dann rechts ab.

Hinter der Biegung leuchteten auf der linken Seite die bunten Glasscheiben einer zweiflügeligen Tür im Kerzenlicht auf. Ben stieß sie auf. Ein gewaltiger fünfeckiger Saal erstreckte sich vor ihm und machte ihn sprachlos. Der riesige Raum war leer, kahle Ziegelwände, ein Stück Vertäfelung an einer Wand. Ein Mosaikfußboden war die letzte Spur der einstigen Pracht. Er schaute zur Decke. Das Skelett eines meterhohen Kronleuchters baumelte herab. Es klirrte vor ihm auf dem Boden. Ein Glasprisma, das wohl einst den Leuchter geschmückt hatte, war herabgefallen. Erstaunt blickte er sich um und suchte, woher es stammen könnte. Er fand nichts. Das Leuchterskelett war leer. Schon wollte er sich umdrehen und gehen, doch dann zögerte er, beugte sich zu dem Prisma und steckte es in seine Hosentasche.

Weiter streifte er durch das Schloss, die verwaisten Räume. Es war dunkel. Für sein Gefühl war das viel zu schnell geschehen. Wie lange lief er schon hier herum? Eine Hintertür führte in den Garten. Verwilderte Sträucher, ein Gartenpavillon, von Ranken umschlungen wie das Dornröschenschloss. Mächtige Bäume bildeten einen Schutzwall hinter dem Haus. Der öffnete sich nur für einen Teich, in dessen Oberfläche sich der Mond spiegelte. Hauchdünne Nebelschleier schwebten über dem Wasser.

Inmitten des Gewässers erhob sich eine winzige Insel. Darauf stand eine Steinstatue, von Moos bedeckt. Der Mond strahlte sie wie ein Scheinwerfer an. Eine junge Frau, mit langem, lockigem Haar, in ein weich fließendes, dünnes Gewand gekleidet. Sie wirkte so lebendig, als ob sie gleich den Fuß heben und in das Wasser treten würde.

Ben fröstelte in der Dunkelheit. Schnell trat er in das Gebäude zurück, schritt den Gang entlang, bog nach dem Festsaal rechts ab und stand wieder vor der Hintertür. Auf dem Hinweg hatte nach dem Saal ein direkter Weg zur Eingangspforte abgezweigt. Er konnte sich nicht verirrt haben. Erneut lief er den Flur ab und wieder gelangte er zur Hintertür. Auch weitere Versuche brachten kein neues Ergebnis. Als ob ihn das Haus gefangen nehmen wollte. Ein Schauer rann ihm über den Rücken.

Es schlug Mitternacht. Ihn schauderte, Angst kroch sein Rückgrat empor. Er ging bis zum Festsaal und trat wieder ein. Mit der Laterne in der Hand leuchtete er die Ecken und Wände ab. Zwischen dem

Rest der Vertäfelung und dem Mauerwerk klaffte ein Spalt. Er zog an der Holztafel und sie schwang in den Saal hinein. Ein Durchgang öffnete sich, Stufen wanden sich darin nach oben. Er stellte seinen Fuß auf die erste abgenutzte Trittfläche, spürte einen Sog hinaufzusteigen. Rasch erklomm er die Treppe.

Die Wände waren geschunden, wie im ganzen Haus. Aber mit jeder Stufe kehrt ein Stück Farbe auf dem Putz zurück. Das Grau der Treppenstufen begann zu schimmern wie feinster Marmor. Nach etlichen Windungen war der Verfall verschwunden, farbenprächtige Paradiesvögel schmückten das vorher fast kahle Mauerwerk. Schließlich endete die Treppe. Er erreichte ein Podest, das zu einer Tür führte.

Er platzte fast vor Neugierde, was sich dahinter verbarg, obwohl er Panik in sich aufsteigen fühlte. Eine innere Stimme riet ihm umzukehren.

Ich will das jetzt wissen, schüttelte er die Warnung ab.

Die Verlockung, die ihn leitete und zwang, dieses Zimmer zu betreten, war zu groß. Zugleich verspürte er eine seltsame Scheu. Er konnte nicht sagen warum, aber er klopfte an die Tür. Das „Herein" erschreckte ihn fast zu Tode. Er war kurz davor, schreiend die Treppen hinunterzurennen und aus dem Gemäuer zu stürmen.

Lebt heimlich jemand in dem Schloss? Aber wer?

Geflohene Verbrecher, Serienkiller, Zombies schossen ihm als Alternativen durch den Kopf. Sein Herz wummerte so stark, dass es ihn nicht verwundert hätte, wenn es aus seiner Brust gesprungen wäre. Neben seiner panischen Angst vor dem Unbekannten da drinnen blieb dieser Drang, unbedingt das Zimmer betreten zu wollen.

Wo kam das Gefühl her?

Nie wieder einen Joint! Wer weiß, was da noch drin war.

Er schwor sich, am nächsten Tag alle seine Kumpel zum Teufel zu jagen, weil sie ihn in diese Situation gedrängt hatten.

Beschissene Mutprobe!

Er drehte sich um und schlich die ersten Stufen hinab. Bloß nicht das Monster herauslocken!

Aber so werde ich das Geheimnis nie erfahren!

Das Rätsel zu lösen lockte ihn weiter. Gleichzeitig fühlte er Angstschweiß den Rücken hinabsickern. Sollte er? Er erinnerte sich an seinen Schlüsselbund in der Jackentasche, zog ihn heraus und klemmte sich die spitze Seite des größten Schlüssels fest zwischen Ring- und Mittelfinger. Ein Fausthieb würde damit mehr Wirkung bekommen. Bevor er es sich anders überlegen konnte, sprang er zurück zur Tür, öffnete sie und lugte in den Raum.

Kerzen tauchten das Zimmer in warmes Licht. Tapeten mit Streublümchen bekleideten die Wände. Zierliche verschnörkelte Sessel standen um einen Tisch. Ein Himmelbett mit blütenweißen Vorhängen und daneben ein Schreibsekretär. Daran saß ein junges Mädchen ungefähr in seinem Alter. Sie trug ein langes Kleid aus weißer Spitze. Ihr lockiges Haar floss über Schultern und Rücken. Ein Buch lag in ihrem Schoß, eine Träne perlte über ihre Wange.

„Hallo." Er blieb an der Tür stehen. Mit weinenden Mädchen hatte er wenig Erfahrung.

Die nächste Träne rann über ihr Gesicht.

Was sollte er tun? Für einen Serienkiller hätte er sich eher gewappnet gefühlt.

„Warum weinst du?"

„Weil auch du mich wieder verlassen musst."

Unschlüssig, was er mit dieser vagen Aussage anfangen sollte, stand er an der Tür. „Ich bin Benedict. Meine Freunde sagen Ben zu mir."

„Flora Josefine." Sie lächelte ihn an.

„Ganz schön ungewöhnlich … und lang."

„Wie würdest du mich denn nennen wollen?"

„Flora oder Flo?"

Sie verzog das Gesicht. „Flo klingt respektlos."

Er deutete eine Verbeugung an. „Dann eben Flora."

Sie neigte den Kopf und lächelte.

„Wohnst du ganz allein hier?"

„Mein Vater und ein alter Diener leben noch im Schloss." Erschrocken sprang sie auf. „Wie spät ist es?"

„Bestimmt kurz vor eins."

Sie drängte ihn zur Tür. „Bis eins musst du das Schloss verlassen haben. Dann kommt mein Vater, und er darf dich hier nicht finden!"

„Okay. Dann gehe ich mal besser." Er verstand nicht, warum ihr Vater solche Panik bei ihr auslöste. Sie schien fast erwachsen zu sein.

„Kommst du wieder? Ich bin so einsam?"

„Morgen?"

„Ja, morgen. Komm zur gleichen Zeit! Hörst du? Nicht später!"

Er nickte.

„Das klingt wundervoll!" Sie breitete die Arme aus und drehte sich im Kreis. Als er sich zur Tür wandte, blieb sie mitten im Zimmer stehen.

Zaghaft winkte Ben ihr zum Abschied zu, verließ den Raum, lief die Stufen hinab und fand ohne Probleme den Weg aus dem Festsaal, den Gang entlang bis zum Schlossportal.

Draußen hörte er Wind toben. Eine Böe riss das mächtige Portal auf. Er trat hinaus, schirmte seine Augen vor dem herumfliegenden Staub und den trockenen Blättern ab. Ein eisiger Hauch traf seinen Nacken, sodass er den Kopf einzog und auf die Brücke zueilte. Windböen erfassten ihn, fuhren in seine Kleider und schienen ihn umwerfen zu wollen. Er stemmte sich dagegen und überquerte den Steg. In der Ferne hörte er ein dumpfes Grollen.

Der Sturm trieb ihn auf die niedrige Seitenmauer des Viadukts zu, auf den Abgrund. Er quälte sich Schritt für Schritt von der Mauer weg und über die Brücke. Das Donnern wurde lauter.

Noch fünf Meter. Er spürte, wie seine Kraft nachließ. Er hob mühsam sein Bein an, setzte es nach vorn und legte sich mit vollem Gewicht gegen den Sturm. Noch vier. Keine zwei Meter mehr, und er wusste nicht, ob er es schaffen würde. Bis zum Wald! Dahin musste er gelangen. Vielleicht wäre er inmitten der Bäume geschützt. Noch drei Schritte.

Der Orkan mobilisierte alle Kräfte. Mit den letzten Reserven gelang es Ben, die restliche Distanz zu bewältigen. Dann sank er auf die Knie und atmete keuchend ein und aus.

Etwas zu Atem gekommen, hob er den Kopf. Um ihn herum herrschte Stille. Kein Sturm, kein Grollen.

Wo ist das Unwetter?

Er blickte zum Schloss. Wie aus einem Märchen entflohen, lag es auf der anderen Seite. Aber irgendetwas war anders. Als ob etwas fehlte. Er grübelte darüber nach, konnte es aber nicht benennen.

Mühsam stemmte er sich hoch. Seine Kumpel hatten leere Bierflaschen liegen lassen. Sein Handy! Irgendein Bastard hatte es einfach zwischen die Flaschen geworfen. Er klemmte sich einige unter den Arm und beschloss, den Rest am nächsten Abend mitzunehmen.

Im Wald war es stockfinster. Seine Handyakku zeigte nur noch ein Viertel an. Er ließ die Taschenlampe aus und tastete sich vorwärts. Seine Augen gewöhnten sich an die Dunkelheit. Er stolperte über eine Baumwurzel. Manchmal trat er auf Grasinseln, die weich und federnd unter seinen Füßen waren. Noch nie war er mit so geschärften Sinnen durch einen Wald gelaufen. In seinem Kopf wuchsen die Schatten zwischen den Bäumen zu seltsamen Gestalten. Er fühlte sich beobachtet und zog die Jacke enger zusammen. Nachdem er einige Minuten unbehelligt seinen Weg gegangen war, wurde er ruhiger.

Über den Wipfeln der Bäume hörte er ein Rauschen, das ihn an einen Wasserfall erinnerte, nur dass das Geräusch einem Rhythmus folgte. Prüfend hob er den Kopf. In der Dunkelheit war fast nichts zu sehen. Die Baumkronen bewegten sich. Es klang wie Flügelschlag.

Aber das müsste ein gigantischer Vogel sein …

Morgens im Gymnasium begrüßten ihn seine Kumpel mit überraschten Blicken. Sie klopften ihm auf die Schulter und wollten ihn als Helden über den Schulhof tragen. Nur mit Mühe konnte er sich befreien.

„Mensch, du hast das echt gemacht!", jubelten sie.

„Und wo seid ihr gewesen?" Er stemmte die Fäuste in die Hüften und baute sich mit drohendem Blick vor ihnen auf.

Sein Kumpel Axel kratzte sich am Kopf. „Ehrlich, Ben. Nachdem du in dem alten Kasten verschwunden warst, wurde uns mulmig zumute."

„Und mal nach mir zu schauen, auf die Idee seid ihr nicht gekommen?"

„Nee, soweit geht die Freundschaft nicht! Nicht in dieses Horrorhaus! Als du nach zwei Stunden immer noch nicht zurück warst und es dunkel wurde, sind wir lieber abgehauen.“

Schöne Freunde, dachte er.

Am Abend schlich er zurück zum Schloss, aber ohne seine Kumpel. Auf ihre Fragen zum Inneren des Gemäuers hatte er nur wortkarg geantwortet. Verfallen, düster, nichts Besonderes, lohnt sich nicht. Er wollte nicht, dass sich jemand dort herumtrieb und Flora verschreckte. Sie gefiel ihm. Sie war so rätselhaft. Versonnen betrachtete er den Turm von der anderen Seite des Viadukts. Warum brannte kein Licht in ihrem Zimmer?

Als er auf die Brücke trat, spürte er wieder die Kälte. Mit jedem Schritt sank die Temperatur gefühlt um ein Grad. Sein Atem schwebte als Nebelwolke vor ihm. Im September. Der steinerne Greif thronte wie ein Beschützer über dem Dach. Der Hunde-Gargoyle fletschte die Zähne für Bens Empfinden noch bedrohlicher.

Ich fange an zu spinnen!

Als er in die Halle trat, hatte er das Gefühl, als ob das Haus vibrieren würde.

Ja, wirklich, ich fantasiere!

Er schaltete die Taschenlampe seines Handys ein, ging mit großen Schritten den Gang entlang zum Festsaal, öffnete das Panel zum Turm und eilte die Stufen nach oben.

Ohne anzuklopfen, riss er die Tür auf. Als er sie dort sitzen sah, war er erleichtert, froh, sie wiederzusehen. Sie stand von ihrem Stuhl auf, trat ihm entgegen, nahm seine Hände in ihre und lächelte ihn an. Er versank in ihren Augen.

„Lass uns in den Garten gehen! Ich war so lange nicht mehr dort."

„Dann komm!" Er ging voran.

„Du musst mir helfen!"

„Wobei?" Er war verwundert.

„Allein kann ich das Zimmer nicht verlassen."

Das klang merkwürdig, aber er sah es als Spiel. Sie streckte ihre Hand nach ihm aus. Er ergriff sie und führte sie zur Treppe. Es knistert, als sie die Tür durchschritten. Kleine Blitze zuckten an der Türöffnung.

Ob ein Gewitter naht?

Hand in Hand liefen sie die Stufen hinab. Unten hob sie ihr langes Kleid an und tanzte fröhlich aus dem Festsaal, lockte ihn mit der Hand, ihr zu folgen. Er eilte hinterher.

Sie traten zur Hintertür hinaus in den Garten. Schwerer Blumenduft lag in der Luft.

Sie sog genießerisch den Atem ein. „Das sind die Rosen. Meine Mutter hat sie angepflanzt. Rote Rosen als Symbol der ewigen Liebe." Sie zog ihn zu den Beeten. Die Nacht hatte den Blüten ihre Farbe geraubt. Dunkel thronten sie auf ihren Stielen.

„Lass uns einen Strauß pflücken", forderte sie ihn auf. Mühelos brach sie die ersten Blumen. Er griff nach einer langstieligen Rose und zuckte mit der Hand zurück. Die Stacheln, er hatte sich gestochen. Er steckte den Finger in den Mund und leckte den Blutstropfen ab. Erneut versuchte er eine Blüte abzubrechen, diesmal mit mehr Erfolg. Flora hatte inzwischen ein dickes Bukett im Arm.

„Danke, dass du gekommen bist. Ich war so einsam. Vater hatte mir für den Abend meines siebzehnten Geburtstags ein großes Fest versprochen. Einen prächtig geschmückten Festsaal, Musiker, viele Gäste und einen Ball. Ich hatte mich so darauf gefreut."

„Was ist geschehen?"

„Er hat es verboten, wollte keine fremden Menschen im Haus."

„Und du?"

„Ich wünsche mir seitdem von ganzem Herzen, ich könnte noch einmal tanzen." Trauer lag auf ihrem Gesicht.

Eine Träne rann über ihre Wange.

Er hob die Hand und wischte den Tropfen sanft mit seinem Finger weg. „Du sollst tanzen! Ich werde mich darum kümmern."

Sie erstarrte und lauschte. „Du musst gehen! Es ist fast eins! Schnell!"

Er blickte sich um. Der Teich lag wieder im Mondlicht. Dass die Insel leer war, nahm er nur mit seinem Unterbewusstsein wahr. Sie ergriff seine Hand und zog ihn mit aller Macht in das Haus zurück, eilte mit ihm den Gang entlang bis zum Festsaal.

„Beeil dich!" Ihre Stimme zitterte vor Angst.

Er rannte bis zur Eingangshalle, stürmte durch die Schlosstür und über die Brücke. Auf halber Strecke schlug es eins. Sturmböen erhoben sich, Donner grollte, Blitze zuckten. Er stemmte sich gegen die Sturmwand und erkämpfte sich mit aller Kraft seinen Weg auf die andere Seite zum Wald.

Dort angekommen, ließ er sich erschöpft in das Gras sinken. Stille umgab ihn. Kein Lüftchen bewegte die Blätter.

Schon wieder? Was ist hier mit dem Wetter los?

Er fühlte sich ausgelaugt, schleppte sich durch den Wald nach Hause und in sein Bett. Am nächsten Morgen überhörte er den Wecker und kam zu spät zur Schule. Seine Kumpel feierten ihn immer noch als Helden. Einige Mädchen fragten ihn nach dem Schlossinneren aus. Er versuchte, alle romantischen Ideen im Keim zu ersticken. Nicht, dass jemand Flora belästigte.

∾

Abends nahm er ein Hemd aus seinem Schrank und probierte es vor dem Spiegel an. Er lud sein Handy und überspielte einige Musiktitel, die er tagsüber herausgesucht hatte.

Rechtzeitig vor Mitternacht machte er sich auf den Weg zum Schloss. Er trug seine dickste Jacke und war gegen die Kälte gewappnet, als er die Brücke betrat. Worauf er nicht vorbereitet war, war das schwankende Gefühl unter seinen Füßen. Wieso konnte sich eine solide Steinbrücke förmlich winden? Er spurtete, um schnell zur anderen Seite zu gelangen.

Irgendetwas knurrte neben ihm. Gänsehaut kroch über seinen Körper. Ohne den Kopf zu drehen, suchte er den Vorplatz mit seinen Augen ab, konnte aber kein Tier entdecken. Mit Riesenschritten sprintete zur

Eingangspforte und warf sich dagegen. Sie ließ sich nicht öffnen. Als ob etwas klemmte oder von innen drückte. Er setzte all seine Kraft ein, kämpfte gegen den Widerstand an, voller Panik, dass ein aggressiver Hund ihn anfallen würde. Endlich schwang sie auf. Er stolperte in die Halle und schlug die Tür hinter sich zu. Mit lautem Krachen fiel sie in das Schloss.

Mit schnellen Schritten durchquerte er den Festsaal und rannte die Stufen im Turm hinauf. Flora erwartete ihn bereits. Sie hob die Rosen aus der Vase, nahm seine Hand und gemeinsam eilten sie die Treppe hinunter.

Im Festsaal pflückte Flora die Rosenblätter ab und verstreute sie auf dem Fußboden.

Ben erinnerte sich an das Glasprisma. Er zog es aus seiner Hosentasche und leuchtete es mit dem Handylicht an. Staunend sahen Flora und Ben zu, wie sich das Licht durch das Prisma zu einem Regenbogen auffächerte. Die bunten Lichtbänder breiteten sich im Saal aus, tauchten die Wände in zarte Farben und der Festsaal erstrahlte in altem Glanz.

„Warum habe ich dich noch nie im Dorf gesehen? Keiner weiß, dass du hier wohnst."

„Mein Vater will nichts mit den Menschen da draußen zu tun haben. Meine Mutter ist bei meiner

Geburt gestorben und er trauert noch immer um sie. Ihr Grab ist auf der Insel im Teich."

„Aber er kann dich doch nicht hier drin einsperren?"

„Er beschützt mich."

„Wovor?"

„Du hattest mir Musik versprochen!" Flora schwenkte erwartungsvoll ihren Rock.

„Warte!" Ben nahm sein Handy und holte ein Paar Kopfhörer hervor. Er streckte seine Hand aus und steckte Flora vorsichtig einen der Stöpsel ins Ohr. Sie kicherte. Er selbst nahm den anderen. Dann scrollte er über das Display und drückte „Play". Die ersten Takte von Ed Sheerans *Perfect* erklangen.

Verblüfft schaute Flora ihn an. Ben umfasste ihre Taille und sie begannen, sich zu wiegen, zu drehen, schwebten durch den Saal.

Nachdem die letzten Töne verklungen waren, erloschen die Regenbogenfarben im Saal. Flora lächelte glücklich und küsste ihn auf die Wange. „Du hast meinen sehnlichsten Wunsch erfüllt!" Sie zog ein spitzenbesetztes Taschentuch aus ihrem Ärmel und überreichte es ihm.

Die Uhr schlug eins.

Flora begann zu zittern. „Er kommt! Du musst gehen!" Sie drängte ihn zum Ausgang.

29

Krachen ertönte, als ob etwas zerbrach, Dröhnen, das sich zur Lautstärke eines startenden Düsenjets steigerte. Er presste die Handballen auf die Ohren.

Sie flohen zum Schlossportal. Ein Lufthauch umwehte sie, schien flüsternd zu flehen: „Flora, denke daran!" Das Raunen wurde eindringlicher. Kurz bevor Flora das Portal aufreißen und durchqueren konnte, steigerte sich das Flüstern zu einem Schrei. „Tu es nicht!"

Flora stockte für einen Moment, schloss die Augen und stürmte dann aus der Pforte.

Er glaubte, seinen Sinnen nicht zu trauen, als ein Bersten über ihm ertönte und der steinerne Gargoyle vor ihnen auf den Zugang zur Brücke sprang.

„Ben!" In dem Ruf steckte so viel Schmerz, dass er sich umwandte. Flora stand hinter ihm, aber ihre Gestalt wurde durchscheinend und verblasste immer mehr. Er trat einen Schritt auf sie zu, aber sie schrie: „Vorsicht!"

Ben wandte sich um und konnte gerade noch dem Gargoyle ausweichen, der sich auf ihn stürzen wollte. Fassungslos schaute Ben zu, wie sich die Steinfigur in einen alten Mann in graugestreiften Hosen, grauer Weste und schwarzem Frack verwandelte. Die steinernen Locken wurden zu akkurat frisiertem weißen Haar.

Sturmböen warfen Ben von den Beinen. Er blickte zum Schlossdach. Dort hatte sich der mächtige steinerne Greif in die Luft erhoben und kreiste über ihm.

Bens Augen suchten Flora. Sie war nur noch ein Schemen. „Geh! Bring dich in Sicherheit. Du hast meinen sehnlichsten Wunsch erfüllt und mich glücklich gemacht!" Dann verschwand sie.

Ben kroch zur Brücke, rappelte sich auf und rannte los. Auf der Hälfte der Strecke wurde er unruhig. Er rechnete jeden Moment mit einem Angriff, die Ungewissheit, wann es geschah, raubte ihm Kraft und Konzentration.

Er blickte zurück und blieb abrupt stehen.

Der Greif war vor dem Schloss gelandet, die Steinfrau von der Insel im Teich stand vor ihm. Der riesige Greif schrie, den Kopf zum Himmel erhoben.

Als ob er Schmerzen hat, schoss es Ben durch den Kopf.

Dann senkte der mächtige Steinvogel seinen Kopf. Die Steinfrau trat dicht an ihn heran, streichelte ihm über das steinerne Gefieder. Ben schien es, als ob der Vogel weinte.

Die Steinfrau hatte offenbar Bens Blick gespürt. Sie wandte sich um: „Benedict, geh!" Dann setzte sie hinzu: „Und komm nie wieder!"

Er stolperte weiter, über die Brücke, durch den Wald, bis nach Hause.

❧

In seinem Zimmer schloss er sich ein, sank auf das Bett.

Ein lebendig gewordener Horrorfilm.

Die Legenden! Was hatten die Leute erzählt? Jetzt grub er in seinem Gedächtnis und suchte Details, die er einst gehört hatte.

Er stand auf und tigerte durch sein Zimmer. Ein Industrieller hatte das Schloss Mitte des neunzehnten Jahrhunderts erbaut. Seine Frau starb bei der Geburt der Tochter ... Flora und ihre Mutter! Die Steinfrau! Aber wie konnte das sein?

Der Industrielle verbarrikadierte sich mit seiner Tochter und dem Butler im Schloss. An ihrem siebzehnten Geburtstag stürzte sie vom Schlossturm ...

Ben raufte sich die Haare. Noch Stunden lief er im Zimmer auf und ab.

❧

Gleich am nächsten Morgen ging er in den Wald zur Brücke. Das Schloss wirkte von außen unverändert. Die Morgensonne drang nicht bis zu dem Gemäuer vor. Düster lag es im Schatten des Waldes.

Vor dem Viadukt ließ er sich im Gras nieder. Er griff in seine Tasche und zog Floras Taschentuch hervor. Er schnupperte daran. Rosen. Ein Monogramm war eingestickt.

„F. J." – Flora Josefine.

Wind umspielte ihn zart, kitzelte ihn am Ohr. Er blickte auf. Ein frisches, rotes Rosenblatt tanzte durch die Luft, drehte Spiralen. Er schaute dem Spiel zu. Es stieg auf und sank tiefer. Nach einer Weile fiel es auf das Taschentuch. Der Windhauch wisperte ihm etwas zu. Er musste sich konzentrieren, um es zu verstehen. Dann hörte er es, ein leises: „Danke."

Annekes Hus

Ich brauchte eine Auszeit – wenige Menschen und weg von zu Hause. Im Internet stieß ich auf dieses Ferienhäuschen. Die Werbeanzeige tauchte immer wieder auf, egal, wo ich recherchierte. Irgendwann klickte ich mehr aus Versehen darauf. Ein reetgedecktes Haus auf einer Insel, geduckt hinter der Düne, drei Zimmer, offene Küche, ein verwildertes Gärtchen, einsam gelegen. Ich buchte es für vier Wochen und fuhr am nächsten Tag dahin.

Vom Fähranleger aus nahm mich ein Pferdefuhrwerk mit. Es hielt an einer Straßenkreuzung, links ging es zum Dorf, rechts führte die Straße zu meinem Häuschen. Ich stieg herunter, stand mit meinem Koffer auf der schmalen Straße und genoss den Wind, der meine Haare zerzauste. Er brachte den Geruch nach Salzwasser, Seetang und Fisch mit, fegte über meine

Stirn und schien meine trüben Gedanken mit sich fortzutragen.

Die Sonne wärmte meine Haut. Ich rollte den Koffer neben mir her und lief auf ein Birkenwäldchen zu, hinter dem mein Ziel lag. Krumm, schief und kleingewachsen trotzten die Bäume dem Wind. Ich fand Birken im Sandboden an der Nordsee ungewöhnlich. Ein zwei Meter hoher Findling stand am Wegrand. Ich blieb stehen und versuchte, den Spruch darauf zu entziffern. Die Schrift war zu undeutlich. Also ließ ich den Koffer am Straßenrand zurück und trat näher an den Stein. Er war warm von der Sonne. Ich ließ meine Hand darüber gleiten und las die unbeholfen in den Stein gehauenen Buchstaben:

Das Meer ist unser Leben
Das Meer ist unser Tod
Gott segne unsere Boote
Und bewahre uns vor Not.
Zum Gedenken an das große Unglück von 1784

❦

Mir wurde kalt. Ich schlang die Arme um meinen Körper. Rasch kehrte ich zu meinem Koffer zurück, lief weiter die Straße entlang und sah auch schon mein Haus. Die Bilder in der Werbeanzeige hatten nicht gelogen – eine kleine Idylle am Meer.

Das Haustürschloss und der Schlüssel wirkten altmodisch. Ich schloss die Tür auf, trat in den mit Steinquadern gefliesten Wohnraum und wusste, hier konnte ich wieder schreiben.

Ich kostete die Ruhe und Abgeschiedenheit aus. An jedem Morgen schloss ich, in meinen dicken Pullover gekuschelt, die Haustür auf. Drei Schritte hinaus und da war meine blaugestrichene Holzbank. Ich setzte mich, schlürfte den ersten Schluck Kaffee und fühlte mich zufrieden. Ich genoss das Gekreische der Möwen, den Wind in meinem Haar, den salzigen Geruch der Luft.

Pünktlich jeden Morgen radelte ein alter Mann vorbei, schaute zu mir herüber, und dann war er verschwunden – bis zum nächsten Tag. Ab dem zweiten Tag rief ich ihm ein „Moin" zu und winkte. Er nickte kaum merklich mit dem Kopf und fuhr weiter.

Am Vortag hatte ich verschlafen und saß morgens nicht auf der Bank. Es hatte an meiner Haustür geklingelt. Er stand davor, blickte mich an, drehte sich um und ging. Ich lief ihm im Nachthemd nach und blickte ihn fragend an. Er winkte ab, er wollte nur schauen, ob bei mir alles in Ordnung sei. Dann fuhr er weiter.

So viel Fürsorglichkeit in der Nachbarschaft legte sich wie ein warmes Tuch um meine Schultern. Das nächste Haus stand anderthalb Kilometer entfernt, dazwischen lag das Birkenwäldchen.

Gleich würde er wieder vorbeiradeln. Aus den Augenwinkeln nahm ich etwas auf der Schwelle vor meiner Haustür wahr. Einen nassen Fleck. Wo kam der her? Es hatte nicht geregnet. Ich zuckte mit den Schultern und genoss meinen Kaffee.

Das Gärtchen war romantisch. Hohes Ziergras, das sich in der Brise bog. Büsche, in denen der Wind flüsterte, wenn er die Blätter zum Tanzen brachte. Unter den Fenstern des Hauses hatte jemand Lavendel, Salbei und Rosmarin gepflanzt. Windgebeugte Birken flankierten das Häuschen an den Seiten. Die unbekannte Gärtnerin hatte Schmuckelemente an die Büsche, die Birken und jede geeignete Stelle gehängt und zwischen die Pflanzen gesteckt. Kleine Emaillemedaillons mit keltischen Kreuzen, Pentagrammen, Runen. Als ob jemand einen okkulten Laden ausgeraubt hätte. Oder die Besitzer waren extrem abergläubig. Ich googelte die Zeichen mit meinem Handy. Sie galten als Bannzeichen gegen das Böse und Abwehrzeichen gegen Dämonen. Ich lächelte darüber, spürte aber, wie sich die Härchen an meinen Armen aufrichteten.

Inspiriert setzte ich mich an meinen Laptop und verbrachte einen produktiven Tag. So schnell hatte sich bisher noch keines meiner Romanprojekte entwickelt. Eine Weihnachtsgeschichte im Frühsommer zu schreiben, bot die ein oder andere Herausforderung. Der starke Wind hielt abends genügend Gründe bereit, heißen Tee und Grog zu kochen, und tagsüber gaben mir meine Eisvorräte im Tiefkühlfach Anregungen.

Am späten Nachmittag fuhr ich mit dem Rad durch das Birkenwäldchen ins Dorf. Als ich an dem Findling vorbeifuhr, überrollte mich ein Gefühl von Einsamkeit und Leere. Schnell fuhr ich weiter.

Der Dorfladen war neben der Kirche. Ich schloss mein Rad an, nahm meine Fahrradtasche und trat ein.

Eine rundliche Frau stand an der Kasse und nickte mir freundliche zu.

„Moin.“

Ich liebte dieses „Moin“. Ein Wort, man gehörte dazu und alles war gesagt.

Der Laden wirkte ordentlich und sauber. Das Gemüse war verlockend angeordnet und frisch.

„Alles aus der Region!“

Ich bedankte mich bei ihr mit einem Lächeln und packte Vorräte für die nächsten Tage in meinen Einkaufskorb. Neben der Kasse entdeckte ich eine Glasvitrine mit einer kleinen Auswahl an Kuchen und Keksen. Mein Magen knurrte vernehmlich und die Frau lachte.

„Ich werte das als Ja. Was darf es denn sein?"

„Nimm den Pflaumenkuchen mit Streuseln." Der alte Mann, der morgens an meinem Häuschen vorbei fuhr, trat aus dem Hinterzimmer. „Magst du Kaffee oder Tee dazu?" Sein Blick war ernst, wie immer. Tiefe Falten hatten sich in seine Stirn gegraben.

Ich blickte auf meine Uhr. „Tee ist vermutlich besser. Sonst schreibe ich die ganze Nacht durch."

„Ich bin der Ole und das ist meine Frau Stine."

Ich reichte ihnen die Hand. „Johanna, schön euch kennenzulernen."

„Johanna wohnt im Strandhaus."

Stine warf ihrem Mann einen merkwürdigen Blick zu, den ich nicht zuordnen konnte. Oder hatte ich mich getäuscht? Sie lächelte mich gleich darauf herzlich an und sprühte mir noch Sahne über den Kuchen.

Wir plauderten eine halbe Stunde. Das heißt, ich plauderte mit Stine, Ole schwieg. Ich aß meinen Kuchen und trank den Tee. Dann bezahlte ich meine Einkäufe, erhielt von Stine noch ein Schälchen Erdbeeren dazu und radelte zufrieden zurück zu meinem Häuschen.

Abends genoss ich den Blick aus dem Dachgeschoss auf das vom Mond beleuchtete Meer. Als mir kalt wurde, kroch ich ins Bett, kuschelte mich unter die dicke Decke und lauschte. Irgendwo schlug eine Kirchturmuhr. War das elf oder zwölf Mal gewesen? Die Wellen rauschten und schlugen an den Strand. Ich stellte mir die Gischt auf ihren Kämmen vor.

Im Garten raschelte es. Vielleicht eine Katze? Eine Katze wäre die Krönung für meinen Schreiburlaub gewesen. Streicheln, schnurren, kuscheln … eine eigene fiel aus. Nach Ende des Urlaubs könnte ich sie nicht mit in die Stadt nehmen.

Ich schlief ein. Ein Geräusch drang in meine Träume, ließ mich hochschrecken. Ich musste mich orientieren. Da hörte ich es wieder! Rhythmisch patschend bewegte sich etwas am Haus entlang. Was war das? Mein Handy! Ich nahm es vom Nachttisch und wählte 110. Mein Daumen schwebte sekundenlang über dem grünen Hörersymbol, bis ich es wegklickte. Kein Einbrecher würde solchen Lärm machen. Ein Schauder kroch mein Rückgrat entlang.

Ich schlich zum Fenster und lugte hinaus. Das Schlafzimmer befand sich im Obergeschoss und durch das vor mir liegende Dach konnte ich nicht direkt zur Haustür schauen. Außerdem war es stockfinster draußen. Wo war der Mond geblieben? Der Wind! Nicht das leiseste Lüftchen regte sich, kein Wellenrauschen war zu hören, als ob die Welt stillstünde.

Es stank massiv nach Fisch. Hatte jemand Abfälle vor das Haus gekippt? Wut stieg in mir auf. Ich drehte mich vom Fenster weg und wollte zur Tür stapfen, die Treppe hinab, vor die Haustür stürmen und den Missetätern im Garten die Leviten lesen. Da fühlte ich, wie dieses Gefühl aus dem Birkenwäldchen über mich hinwegrollte. Einsamkeit, Leere und unfassbare Kälte. Zitternd schlang ich die Bettdecke um mich, sank an der Zimmertür auf den Fußboden. Dort blieb ich hocken, bis ich die Glocke ein Uhr schlagen hörte. Die Bedrückung glitt von mir ab. Ich fühlte mich unsagbar ausgelaugt und müde. Es war mir egal, ob sich im Garten Fischabfälle türmten, ich kroch in mein Bett und schlief augenblicklich ein.

Das Gekreische der Möwen weckte mich. Das Geräusch in der Nacht! Ich sprang aus dem Bett, schloss die Tür auf und tapste leise die Treppe hinab. Beim Blick durch den Wohnraum konnte ich nichts Ungewöhnliches entdecken. Ich schlich zur Haustür, öffnete sie und lugte in den Garten. Alles sah normal aus. Ich trat auf die Türschwelle und in Nässe. Der Fleck war wieder da.

Ratlos und grübelnd, was die Ursache sein könnte, ging ich zu meiner Bank. Seegrashalme lagen auf der Sitzfläche. Ich lief rund um das Haus und fand vor jedem Fenster Seegras. Keine Spur von Fischabfällen. Auch der Gestank war verschwunden. Verwirrt kehrte ich zu meiner Bank zurück.

Ich hatte mich gerade gesetzt, als Ole vorbeifuhr. Er hielt an. „Moin, alles in Ordnung?"

„Ja, danke!" Ich winkte ihm zu.

Irgendjemand von den Einheimischen spielte mir hier einen Streich! Wie sollte ich damit umgehen? Die Polizei zu rufen, war vermutlich sinnlos. Bis die hier ankamen, waren die Missetäter schon lange weg. Eine Überwachungskamera? Ich überlegte wofür. Bisher hatte niemand Schaden angerichtet.

Den halben Vormittag lief ich Runden um meinen Schreibtisch, entdeckte immer wieder Kleinigkeiten, die ich wegräumte oder umstellte. Ich ging zu meinem Laptop, schrieb zwei Zeilen und löschte sie wieder. Ein Eis würde mir Inspiration bringen, hoffte ich und füllte eine Schüssel mit Schoko- und Brombeereis, goss Vanillesauce darüber und krönte das Ganze mit ein paar Erdbeeren von Stine.

Damit setzte ich mich wieder an meinen Schreibplatz, aber die Worte flossen nicht. Ich schriebe und löschte, schrieb und löschte. Verzweifelt stützte ich mein Gesicht in die Hände. Wie konnte ich wieder in den Schreibmodus schalten?

Im Bad schnappte ich mir ein Badetuch und meinen Bikini und lief zum Strand. Hier war es einsam und niemand störte mich. Rasch zog ich mich um und lief zum Wasser. Eine Welle rollte heran und benetzte meine Füße. Kalt! Ich blieb stehen und gewöhnte mich an die Wassertemperatur.

Ich lief tiefer in das aufgewühlte, trübe Wasser. Etwas Weiches breitete sich plötzlich unter meinen Füßen aus. Seegras! Es nahm mir die Luft. Ich drehte mich um und kämpfte mich aus dem hüfttiefen Wasser. Am Strand ließ ich mich auf mein Handtuch sinken und überlegte, was mit mir los war. Ein Mann mit Hund nahte. Ich packte mein Handtuch und meine Sachen und lief zurück zum Haus.

Es wurde nicht mein produktivster Tag, aber ich schrieb zwei Kapitel und entwickelte Ideen für eine romantische Liebesszene meiner Protagonisten.

Zufrieden mit dem Tag lag ich im Bett. Diesmal zählte ich die Glockenschläge mit. Zwölf. Geisterstunde, wenn ich abergläubig wäre. Und tatsächlich erschien es mir, als nähme das Rauschen des Meeres an Lautstärke zu.

Ich bin kein ängstlicher Typ, aber ich ließ meine Blicke durch das Zimmer schweifen und horchte auf Geräusche jenseits der Tür. Es war totaler Quatsch, aber die Schatten in den Zimmerecken machten mir heute Angst.

Dann hörte ich es wieder, das rhythmische Patschen. Da schlich jemand um das Haus!

Wo war meine Stabtaschenlampe? Ich bewaffnete mich damit und huschte die Treppe hinab, horchte an den Fenstern und verfolgte, wo sich der Eindringling gerade befand. Da! Triumphierend riss ich den Vorhang zur Seite und richtete den Taschenlampenstrahl in die Dunkelheit.

Ein Mann blickte mich starr an. Ich wich zurück. Er war pitschnass, sein Gesicht schien eingefallen, grau-grünlich und Seegras hing ihm vom Kopf. Ich schrie. Die Taschenlampe glitt mir aus der Hand. Als ich sie wieder aufgeklaubt hatte und zum Fenster hinausleuchtete, war der Mann verschwunden.

Nacheinander kontrollierte ich alle Fenster im Erdgeschoss. Niemand war davor zu sehen. Ich knipste zwei kleine Lampen an, ging zur Haustür und legte mein Ohr an das Türblatt. Lange lauschte ich. Nichts. Aufatmend wollte ich mich abwenden, als etwas auf der anderen Seite der Tür entlangkratzte. Die Klinke bewegte sich langsam nach unten. Wie paralysiert schaute ich zu. Ich hatte abgeschlossen. Der Schlüssel steckte von innen. Nun begann er sich zu bewegen, wackelte und fiel klirrend auf den Boden. Der Mann rüttelte an der Klinke.

Ich fiel auf meinen Hintern, kroch rückwärts zur Treppe, rappelte mich auf und rannte in mein Schlafzimmer. Hastig schloss ich ab und rückte die Kommode vor die Tür. Dann wartete ich ab.

Tapp, tapp, tapp. Er kam die Treppe hinauf! Vor meiner Tür stand er still, kratzte am Holz.

Ich wich zurück, suchte nach meinem Handy. Es lag nicht auf dem Nachttisch. Ich geriet in Panik, das Kratzen an der Tür wurde eindringlicher.

Mein Herz raste und sprang mir fast aus der Brust. Endlich entdeckte ich das Handy und wählte die 110. Eine Beamtin nahm ab. Durch das Telefon konnte ich die Kirchturmuhr eins schlagen hören.

Das Kratzen verstummte. Er tappte die Stufen hinab.

Flüstern berichtete ich der Polizistin, was geschehen war.

Eine Stunde harrte ich aus, bis endlich das Polizeiauto vorfuhr. Sechzig Minuten, in denen ich gefühlt um Jahre gealtert war. Lauerte er unten, dass ich herunterkam? Würde er wiederkommen?

Ich winkte den Beamten vom Fenster aus zu, traute mich nicht, das Schlafzimmer zu verlassen. Zwei Polizisten stiegen aus, kamen zur Haustür.

„Die Tür ist offen", rief ich hinab.

„Hier ist abgeschlossen", schallte es zu mir herauf.

Welcher Einbrecher schließt hinter sich ab, überlegte ich. Versteckte er sich noch irgendwo im Haus? Tief sog ich Luft in meine Lunge, um die aufkommende Panik zu unterdrücken. Da unten waren zwei Polizeibeamte!

„Moment, ich komme herunter."

Ich schob die Kommode von der Tür weg und atmete nochmals tief durch, bevor ich den Schlüssel im Schloss drehte und die Tür öffnete. Niemand!

Die Stabtaschenlampe wie eine Waffe erhoben, stieg ich mit zitternden Knien die Treppe hinab. Ich leuchtete das Wohnzimmer von der Hälfte der Treppe Winkel für Winkel aus. Es war leer.

Die Tür war unbeschädigt. Den Schlüssel fand ich in der Pfütze an der Tür, klaubte ihn heraus und schloss auf.

„Moin, junge Frau. Was gibt's denn?"

„Hier war ein Mann. Er ist um das Haus geschlichen, dann hereingekommen bis hoch zu meiner Schlafzimmertür."

„So, so."

Der andere Beamte hatte inzwischen die Haustür begutachtet. „Aber es war von innen abgeschlossen?"

„Er hat irgendwie den Schlüssel aus dem Schloss geschubst. Wie er dann hereingekommen ist, weiß ich nicht." Die Männer schauten mich fragend an. Ich bat sie ins Haus.

„Kommt Ihnen hier irgendwas verändert vor?"

Das Licht! Ich trat zu den kleinen Lampen und wies darauf. „Hier, die beiden Lampen haben gebrannt und jetzt sind sie aus."

Die Beamten beugten sich darüber. „Kunststück, die Glühlampen sind kaputt."

Ich trat näher und sah, dass die Birnen geborsten waren.

Der jüngere Beamte stieg die Treppe hinauf zu meinem Schlafzimmer. „Hier ist nichts." Er kam wieder herunter und bog in das Nebenzimmer ab, warf einen Blick in das Bad und die Küche. „Alles okay."

Ich kam mir unglaublich blöd vor. Durchgeknallte Großstadtpflanze, die beim geringsten Geräusch in Panik verfiel.

„Machen Sie sich mal nichts draus", tröstete mich der Ältere. „Ziemlich einsam hier, da kommen schon mal Albträume. Wenn etwas ist, rufen Sie uns an."

Dann waren sie weg. Ich stand allein im Wohnzimmer und war verzweifelt. Was geschah hier nachts? Hatte ich mir tatsächlich alles nur eingebildet? Die Stille tickte förmlich in meinen Ohren. Meine Sinne waren geschärft, ich hätte eine Maus atmen hören.

Ein schleifendes Geräusch holte mich aus meiner Erstarrung. Etwas knirschte metallisch. Dann schepperte es und Schritte kamen auf das Haus zu. Ich fühlte mich so erschöpft, dass ich mich kaum von der Stelle bewegen konnte. Immerhin funktionierte mein Verstand noch so weit, dass ich mich hinter der Sofalehne auf den Boden kauerte.

Die Haustür war nicht abgeschlossen, fiel mir ein. Angstschlotternd sah ich zu, wie die Klinke nach unten gedrückt wurde und sich die Tür langsam aufschob.

„Johanna?", flüsterte eine Stimme.

Oh Gott, er ist zurück, schoss es mir durch den Kopf.

„Johanna?", wiederholte der Eindringling.

Diesmal kam mir die Stimme bekannt vor. „Ole!" Ich fühlte mich so erleichtert, dass ich hinter der Lehne hervorsprang.

„Hast du mich erschreckt!" Ole drückte seine Hand auf das Herz.

„Ole, ja, du ahnst nicht, was hier passiert ist!", sprudelte ich los.

Er kratzte sich am Kopf und schwieg. Das kam mir merkwürdig vor.

„Ole, du weißt etwas?"

„Ja, er war da."

„Wer war da?"

„Wir hören die Notrufe von der Polizeistation neben uns."

„Wer war das? Was weißt du darüber?"

Er kratzte sich wieder am Kopf. „Manche sagen Gonger dazu, andere Wiedergänger, Wasserzombies."

„Wiedergänger, Wasserzombies? Das ist nicht dein Ernst?"

„Wie sah er aus?"

„Nass, eingefallen, grau, mit Seegras auf dem Kopf."

Die Tür hatte sich geöffnet und Stine war eingetreten. „Nur wenige können ihn sehen!"

„Stine, das ist doch total absurd!"

„Die meisten glauben es nicht, halten es für verrückt, aber du wirst schon sehen …"

Ich war empört, dass die beiden mich nach diesem Erlebnis mit Ammenmärchen abspeisen wollten. „Macht bitte keine Scherze mit mir? Wer im Dorf hat sich das ausgedacht?"

Stine schüttelte den Kopf.

„Er ist ein Geist."

Das konnte doch nicht wahr sein, dass die beiden an solche Geschichten glaubten.

„Jeder im Dorf kennt die Legenden."

Und das war vermutlich das Problem und weckte zu viele Fantasien bei Spaßvögeln. Ich war müde.

„Es wäre nett, wenn ihr jetzt geht!"

„Aber du musst es doch gespürt haben, im Wäldchen, heute Nacht …", begann Stine. Doch Ole fasste sie am Arm und zog sie zur Tür hinaus.

Ich sank auf das Sofa und grübelte, was mir die beiden für eine wilde Spinnerei auftischen wollten. Allerdings waren da auch die Geschehnisse der vergangenen Nacht, der Nacht vorher, das Gefühl im Wäldchen … aber es musste eine rationale Erklärung dafür geben! Ich stand auf und tigerte durch den Raum.

Es gab für mich drei Möglichkeiten: Erstens Stine und Ole spielten mir einen Streich, zweitens eine unbekannte Person veranstaltete für uns alle großen Unsinn und drittens … nein, ich glaubte nicht an Geister.

Warum sollte mich jemand mit solch einem schlechten Scherz ängstigen wollen? Da war kein Motiv zu erkennen? Ich rätselte weiter, fand keine Erklärung und schlief auf dem Sofa ein.

❧

Am Morgen beschloss ich, mir einen Überblick über die örtlichen Legenden zu verschaffen. Im Ort befand sich ein Heimatmuseum. Nach einem Kaffee und dem Biss in ein Brötchen radelte ich los.

Das Museum war in einem rot geklinkerten Haus. Die Tür stand offen, eine ältere Frau verließ gerade das Gebäude. Ich trat ein, eine junge Frau mit einem Schild „Praktikantin" an der Bluse begrüßte mich. Ich bezahlte den Eintritt, schlenderte durch die Ausstellung und sah mich um, bis ich das Foto des Gedenksteins aus dem Birkenwäldchen entdeckte. Auf dem Schild daneben war nur der Text nachzulesen, keinerlei Zusatzinformation. Ich ging zu der jungen Frau und fragte sie danach.

„Oh, ich kenne mich noch nicht aus. Frau Mattes ist vorhin gerade zu einem Termin gegangen. Aber warten Sie …"

Sie holte ein dickes Buch mit der Inselchronik und Sagen aus dem Regal.

Ich blätterte es kurz durch und fand einen längeren Absatz zu Sturmfluten und Schiffsunglücken.

„Kann man das auch kaufen?", erkundigte ich mich.

„Das ist leider das letzte Exemplar. Ich weiß nicht so richtig ... vor einigen Tagen lag noch ein großer Stapel hier. Das waren mindestens dreißig Stück, und hinten standen auch zwei Kartons. Die sind alle weg." Unsicher schaute sie mich an.

„Aber so schnell können die doch nicht verkauft worden sein. Sicher wurden die Kisten nur umgeräumt."

Sie sah auf die Uhr. „Frau Mattes ist sicher in zwei Stunden wieder da. Könnten Sie da wiederkommen?"

„Wissen Sie, ich bin Journalistin und schreibe einen Artikel über die Insel. Leider ist mein Abgabetermin sehr knapp", log ich. Ich wollte Antworten und war misstrauisch. Wieso waren die Bücher alle verschwunden?

„Na gut, sie werden schon noch irgendwo sein. Achtzehn Euro, bitte bar, wenn es geht."

Ich drückte ihr einen Zwanzig-Euro-Schein in die Hand, nahm mein Buch und verabschiedete mich.

☙

Zurück im Haus schlug ich das Kapitel über die Unglücke auf. Der Küstenstreifen hier galt als eines der weltweit am stärksten von Sturmfluten bedrohten Gebiete. Bei dem Unwetter von siebzehnhundertvierundachtzig war allerdings nur ein Seemann mit seinem Boot verschwunden. Seitdem erzählte man sich auf der Insel die Geschichte von Gongern, verlorenen Seelen, Menschen, die auf dem Meer ums Leben kamen und nachts wieder an Land zurückkehrten.

Okay, hier hatte ich die offizielle Version der Legende. Aber wie konnte es sein, dass Stine und Ole wirklich daran glaubten. Ich beschloss, zum Laden zu fahren, und legte das Buch auf den Tisch. Dabei klappte es nicht zu, sondern eine Seite weiter hinten schlug sich auf.

Mein Blick streifte über die Chronik und den Eintrag vom Mai neunzehnhunderteinundfünfzig. Danach verschwand die Bewohnerin von Annekes Hus unter ungeklärten Umständen und wurde nie gefunden.

Ich setzte es als Zusatzfrage auf meine Liste. Wo war Annekes Hus und was war damals geschehen?

❧

Als ich vor dem Laden vorfuhr, sah ich Stine und Ole schon durch das Schaufenster. Sollte ich wütend sein oder waren sie unschuldig an den Ereignissen?

„Wir wussten, dass du kommst", empfing mich Stine, als ich eintrat.

„Dann habe ich also den Job als Geisterjäger gewonnen?"

„Es ist wirklich total selten, dass ihn jemand sehen kann."

„Ach, es gab noch andere?"

Stine warf einen Blick zu Ole, der wie immer schweigend und mit gefurchter Stirn dastand. „Oles Großtante. Das ist aber schon ewig her."

„Fünfziger Jahre?

„Du hast das Buch! Das Mädel war ganz verzweifelt, weil du es ihr abgeschwatzt hast."

„Klartext, was wisst ihr?"

„Wissen ...", sie winkte ab. „Das sind alles nur Vermutungen. Woher kommt deine Familie?"

„Auf Seiten meiner Mutter gab es mal Fischer hier irgendwo."

In Oles Augen blitzte etwas auf.

Stine hob verschwörerisch die Hand. „Deshalb kannst du ihn sehen."

„Ihr glaubt wirklich an das ganze Zeug?"

„Alle wissen, dass es so ist."

„Letzte Frage, wo ist Annekes Hus?"

Ich las die Antwort aus ihrem Blick, schüttelte den Kopf und verließ den Laden. Das Häuschen war wirklich wunderschön, aber diese Story sollten sie selber mit dem Missetäter klären, der das Spektakel hier veranstaltete.

Zwei Straßen weiter befand sich eine Pension. An der Tür hing ein Schild „Zimmer frei". Ich trat ein und grüßte freundlich die ältere Dame an der Rezeption.

„Hier ist alles belegt", beantwortete sie meine noch gar nicht ausgesprochene Frage und nahm einen Schlüssel nach dem anderen vom Brett an der Wand.

„Danke", ich trat wieder vor die Tür und googelte nach Unterkünften hier im Ort.

Fünf Anrufe später gab ich es auf. Angeblich waren alle Appartements vergeben.

Ich hatte es satt und wollte abreisen. Mein Fahrrad stand vor Stines Geschäft. Sie beobachtete mich durch das Schaufenster. Ich fuhr zum Haus, packte meinen Koffer und stapfte zum Fähranleger, um mit dem nächsten Boot zum Festland zu fahren.

Doch auf der Infotafel stand mit Kreide geschrieben: „Technische Störung".

Ich sprach den ersten Mann an, der mir begegnete. „Hören Sie mal, was heißt denn technische Störung?"

Er wies mit dem Daumen auf ein Häuschen ein paar Meter entfernt. Ich rannte hin, riss die Tür auf und stellte atemlos meine Frage erneut.

„Die Fähre ist zur Reparatur", meinte die Frau am Schalter.

„Heute?"

Sie nickte.

„Und morgen?"

Ein Schulterzucken war die einzige Antwort.

„Aber es muss doch ein anderes Boot zum Festland geben?"

„Nö."

„Und wenn ein Notfall eintritt?"

Sie wies auf ein Plakat an der Wand.

„Toni, der Rettungshubschrauber", war darauf zu lesen.

„Aber …"

Die Frau schüttelte mit dem Kopf. Ich drehte mich um und verließ das Häuschen.

Was sollte ich tun? Wind kam auf, am Himmel hatten sich schwarze Wolken zusammengeballt. Ein Unwetter hatte mir noch gefehlt. Ich lief über den kleinen Platz, um in dem Imbiss Unterschlupf zu finden. Der Verkäufer schloss gerade die Tür ab und drehte das Schild um: „Geschlossen!" Wütend hämmerte ich gegen die Tür. „Ihr und eure verdammten Legenden!" Niemand rührte sich.

Ich zog den Koffer hinter mir her und lief den Weg zurück zum Haus. Der Wind blies mir das Haar aus dem Gesicht, fuhr in meine Kleidung. Ich musste mich gegen ihn stemmen, um vorwärtszukommen.

Klatschnass vom Regen kam ich an dem Häuschen an, schloss auf und trat ein. „Hallo Annekes Hus, was hat es mit dir auf sich?"

Mein Magen knurrte. Mir fiel erst jetzt auf, dass ich heute noch fast nichts gegessen hatte. Ich setzte Teewasser auf, schnitt Brot und belegte es mit Käse.

Warum glaubten hier alle so fest an diese Legende? Was wollten sie von mir? Ich wählte Stines und Oles Nummer.

„Wo bist du?", schallte es mir entgegen.

Ich lachte bitter auf. „Ungünstiges Wetter, um zum Festland zu schwimmen."

„Gott sei Dank, du bist im Haus."

„Raus mit der Sprache! Was wisst ihr noch?"

„Kurz zusammengefasst sind Gonger Seemänner, die auf dem Meer verschollen sind. Wenn es die guten Gonger sind, dann wollen sie ihren Familien die Nachricht ihres Todes überbringen. Es gibt auch bösartige Gonger, aber das glaube ich hier nicht."

„Und warum nicht?", erkundigte ich mich.

„Dann wärst du bereits tot."

„Beruhigend", murmelte ich. Draußen grollte es inzwischen. Ein greller Blitz zuckte über den Himmel und nur wenige Sekunden danach krachte der Donner herab.

„Die Gerüchte sind alt, dass es in Annekes Hus spukt, dass die Leute da nachts manchmal etwas spüren. Schon einige kamen schreiend herausgerannt."

„Und warum habt ihr mich nicht gewarnt?"

„Weil wir uns sicher sind, dass dir keine Gefahr droht."

„Wie sicher seid ihr euch?"

„Wie meinst du das?"

„Ach, vergiss es. Stine? Falls es ihn gibt, was will er von mir?"

Es krachte, als ob sich der Weltuntergang ankündigen würde. Das Licht verlosch, das Handy verstummte.

So ein Mist. Ich leuchtete mit dem Handy in Schubladen und suchte Kerzen und Streichhölzer heraus. Teelichter gab es in diesem Haus zum Glück genug, und schon bald tauchten sie den Wohnraum in warmes Licht.

Ich ließ mich auf das Sofa sinken und fasste meine Situation zusammen. Die Verbindung zum Land war abgeschnitten, der Strom war ausgefallen, um Mitternacht würde eventuell ein Geist auftauchen. Selbst mir als Autorin war das zu durchgeknallt.

Seufzend nahm ich mir das Buch nochmals vor. Auf den letzten Seiten fand ich ein Glossar. Ich suchte nach „Gonger" und las: „Verlorene Seelen, die es zurücktreibt, weil es noch unerledigte Dinge in ihrem Leben gibt."

Ja, aber wie sinnvoll ist das nach zweihundertfünfzig Jahren, die Beteiligten sind doch längst alle tot, fragte ich mich.

Warum hießen sie Gonger? Ich ließ meinen Gedanken freien Lauf. Vom Klang her erinnerte es an das Dong der Glocken. Er kam um Mitternacht, mit dem letzten Glockenton, der wie ein Gong klang. Ich gab es auf …

Eine Fußnote verwies auf eine Quelle. Da hatte sich jemand viel Arbeit gemacht und zusätzliche Dokumente als Anhang angefügt. Hier war es die Abschrift der Handschrift eines alten Inselpfarrers. Die Sprache war blumig, Gebete für verlorene Seelen. Ich wollte das Buch schon zuklappen, als ich auf die Worte „Berühre ihn nicht!" stieß. Die Gonger berührten angeblich Leute und machten sie damit zu einem der ihren oder die berührte Hand wurde schwarz und fiel ab. Na jetzt war ich wirklich beruhigt!

Bei Tageslicht und mit Strom, in der Nähe der Zivilisation hätte ich das Ganze in das Reich der Mythen verbannt. Aber so allein in dem sturm- und gewitterumtobten Häuschen, nur mit Kerzenlicht, schlich sich die Idee in meine Gedanken, dass an der Legende etwas dran sein könnte.

Ich dachte an das Gesicht, das ich vor dem Fenster gesehen hatte, und mir wurde mulmig zumute. Ich schaute mich im Zimmer um. Es gab kein Versteck, in das ich gepasst hätte. Rauszugehen wäre lebensmüde gewesen ... oh Gott, ich lief zum Kühlschrank und schraubte die Flasche Korn auf, die bei meinem Einzug auf dem Tisch gestanden hatte. Ich machte mir nicht die Mühe, ein Glas zu suchen. Ein kräftiger Schluck aus der Flasche und der Schnaps brannte sich meine Speiseröhre hinab.

Mehrere Schlucke später war der Alkohol im Gehirn angekommen und mein Angstlevel ein Stück gesunken. Klar, ich war immer noch knapp davor, mir in die Hosen zu machen. Aber als Autorin wollte ich das jetzt wissen, die ganze Geschichte! Ich hickste leise.

❧

Ich wappnete mich für mein Abenteuer. Die Schnapsflasche stellte ich aber weg. Gegen elf war ich überzeugt, dass ich komplett bescheuert sein musste, mich auf so etwas einzulassen. Mein Puls raste. Falls noch Alkohol mein Gehirn benebelt hatte, so war er jetzt verschwunden.

Dass Angst so unter die Haut kroch und über den Körper wanderte, man das mit jeder Faser spürte … ich hätte mich so gern von diesem Ort weggezaubert und lief Runden durch den Wohnraum!

Kurz vor zwölf spürte ich eine Panikattacke aufsteigen und atmete dagegen an.

Der erste Glockenschlag! Konnte ein Herz auch aus der Brust herausspringen?

Zehn, elf, zwölf. Zuerst spürte ich die Kälte, die unter der Tür hindurchkroch und mich umfing. Dann schlängelten sich Einsamkeit und Verzweiflung heran und spannen ihr Netz um mich. Erst danach hörte ich das schmatzende Geräusch, das ihn ankündigte. Ich stand auf und stellte mich in die Mitte des Raumes, gegenüber der Eingangstür.

Am Holz kratzte es. Einmal, zweimal, dreimal. Der Schlüssel fiel aus dem Schloss, dann senkte sich langsam die Türklinke und Zentimeter für Zentimeter schwang die Tür auf.

Er stand auf der Schwelle, seine Kleider und Haare vollgesogen mit Wasser. Es floss in Strömen an ihm herab. Auf der Schwelle und im Wohnzimmer bildete sich ein kleiner See.

Ich schaute ihn an. „Ich bin Johanna. Was willst du von mir? Soll ich dir helfen?"

Er starrte mich nur an. Reglos standen wir uns gegenüber. Ich verlor jedes Gefühl für Zeit.

In meinem Kopf fühlte ich das Meer, den unendlichen Rhythmus der Wellen. Ich ließ mich wiegen, bewunderte die Wolkenformen, das strahlende Blau des Himmels. Ich schaute auf das Wasser. An manchen Stellen war es so klar, dass ich bis zum Grund blicken konnte. Fischschwärme zogen ihre Bahnen. Ich fühlte mich frei!

Wind kam auf, die Wellen wuchsen. Gischt tanzte auf den Kämmen. Finstere Wolken zogen auf. Ich sah den Fischern zu, wie sie mit wohl berechnetem Schwung ihre Netze auswarfen. Für einen Moment schwebten sie über dem Wasser, sanken dann hinab und umschlossen die Fische in der Tiefe. Die zappelnden Wesen wurden mit den Netzen in das Boot gezogen.

Das Wetter schlug um. Die Fischer erkämpften sich gegen die Kraft von Sturm und Wasser ihren Weg nach Hause, Wind und Wogen trotzend.

Stürme peitschten das Meer, türmten das Wasser so hoch auf wie die Hütten. Wellen krachten ans Land, raubten den Strand, höhlten die Steilküste aus und fra-

ßen sich voran. Fasziniert verfolgte ich das Schauspiel. Verstand, warum er das Meer liebte.

Irgendwann schlug es eins. Er drehte sich um und verschwand.

❧

Kopfschmerzen sprengten mir fast den Schädel, als ich mich am Morgen aus dem Bett quälte. Ich hatte keine Zeit für Migräne, ich musste recherchieren. Zwei Tabletten und einen halben Liter Wasser später fühlte ich mich etwas besser.

Als ich in das Heimatmuseum stapfte, huschte die Praktikantin in den Nebenraum. Die Angestellte baute sich mit verschränkten Armen vor mir auf.

„Es hilft niemandem, wenn Sie mir Informationen vorenthalten!", kam ich gleich zur Sache. Sie blieb stumm.

„Wer war Anneke?"

Keine Reaktion.

„Es gibt zwei Möglichkeiten: Entweder Sie helfen mir jetzt oder ich nehme hier alles auseinander und suche mir die Fakten selbst."

Ich wartete und starrte ihr in die Augen. Die war stur! Aber nach einer halben Minute unterbrach sie den Blickkontakt, trat an ihren Schreibtisch und nahm ein Blatt Papier in die Hand.

„Anneke war eine Fischertochter. Sie bekam siebzehnhundertvierundachtzig ein uneheliches Kind. Monate vorher gab es einen großen Sturm", las sie mir vor.

Blieb für mich die Frage, ob der unheimliche Besucher Annekes Liebster oder ihr Sohn war.

❦

Vor Mitternacht wiederholte sich das Geschehen vom Vorabend. Ich kämpfte gegen meine Angst an und mit dem letzten Glockenschlag um Mitternacht überfielen mich Kälte, Verzweiflung und Einsamkeit. Das Schmatzen seiner nassen Stiefel … er kam, öffnete die Tür und blieb tropfend auf der Schwelle stehen.

Wieder fragte ich, ob ich ihm helfen könne. Wieder erhielt ich keine Antwort. Dann fragte ich vorsichtig: „Geht es um Anneke?"

Ein Stöhnen entwich seinem Mund. Er trat näher.

Abwehrend hob ich die Hände. Ich hatte Angst. Die Worte des Pfarrers! Er durfte mich nicht berühren!

Plötzlich spürte ich, was ihn antrieb. „Soll ich deine Geschichte für Anneke aufschreiben?"

Sein Blick blieb an meinem Schreibblock und Stift haften. Vorsichtig näherte ich mich den Dingen. Ich nahm den Stift in die Hand. „Ich schreibe alles auf, wenn du willst. Du musst es mir nur erzählen."

Stumm starrte er mich an. Verzweiflung legte sich über mich wie ein Tuch, und dann spürte ich es. Er schlich sich in meine Gedanken. Da war eine Macht, die die Kontrolle über mein Denken übernahm. Ich versuchte, mich dagegen zu wehren, presste die Hände gegen meine Schläfen. Er war zu stark. Worte entstanden in meinem Kopf.

Ich sank auf den Stuhl, griff nach meinem Schreibblock und schrieb, so schnell ich konnte, die Geschichte mit, die sich in meinem Kopf entwickelte.

Er hieß Joris …

❧

Joris Vater war Fischer. Er war der einzige Sohn. Schon früh, noch ein Kind, begleitete er seinen Vater hinaus aufs Meer. Ihr Tag begann, wenn die Sonne noch nicht ganz aufgegangen war und Nebelschwaden über der Nordsee lagen.

Anneke lebte mit ihrer Familie im Nachbardorf. Auch ihr Vater war Fischer.

Lange Zeit sahen sie sich mehr aus der Ferne. Auf einem Dorffest geriet Joris in einen Streit mit anderen Burschen. Als man die Streithähne trennte, war Joris' Nase blutig, sein Auge geschwollen und seine Rippen schmerzten.

Die anderen sahen noch übler aus.

Anneke war es, die ihm einen nassen Lappen und einen Krug Bier brachte. Sie wischte sein Blut ab und lächelte ihn an. Sie war ein ernstes Mädchen. Joris hatte sie noch nie lächeln gesehen. Es fühlte sich an, wie der erste Sonnenstrahl an einem Nebeltag auf See. Er verliebte sich auf der Stelle in sie.

Anneke hatte flachsblondes Haar, das sie unter einem Kopftuch verbarg. Ihre roten Lippen, Brüste, die sich über dem Mieder abzeichneten, brachten ihn um den Schlaf.

Joris sorgte dafür, dass sie sich nun häufiger sahen. Zuerst lächelten sie sich nur zu. Dann traf er sie am Brunnen und half ihr, die Wassereimer nach Hause zu tragen. Sie waren schüchtern und es dauerte seine Zeit, bis er sich traute, sie sonntags zu einem Spaziergang einzuladen. Ihm fehlten die Worte, um mit ihr zu sprechen, ihr von seinen Gefühlen zu erzählen. Sie schauten sich lange in die Augen. Er pflückte für sie Blumen. Ihre Hände berührten sich flüchtig, als er ihr den Strauß gab. Ihre warme Haut, die Erinnerung verfolgte ihn nun in allen Nächten.

Erst Wochen später hielt er zum ersten Mal ihre Hand in seiner. Beglückt über die Nähe des Liebsten liefen sie über die Dünen. Im nächsten Frühsommer fanden sie sich zwischen den Dünen, umgeben von Strandhafer, zum ersten Kuss.

Es sollte ihr heimlicher Treffpunkt bleiben. Ihre schüchternen Liebkosungen wurden mutiger. Sie genossen ihr Beisammensein, entdeckten zärtlich ihre Körper und staunten, was mit ihnen geschah. Joris wollte ein besseres Leben für Anneke. Dafür musste er mehr Fische fangen und verkaufen als die anderen. Aber die Netze blieben zu dieser Zeit bei allen oft leer. Er brauchte bessere Fanggründe. Schon von klein auf hatte er im Dorfkrug den alten Fischern gelauscht, die ihr Garn spannen über riesige Fische, Unwetter und Heringsschwärme, die jeden Fischer reich machen würden.

Annekes Eltern sahen ihre Liebelei nicht gern. Der Sohn eines reichen Fischers warb um Anneke und man munkelte, dass er um ihre Hand anhalten wolle. Anneke war verzweifelt und flüchtete heimlich zu Joris. Er tröstet sie und sann nach einem Ausweg.

Schon vor Tagesanbruch fuhr Joris mit seinem Boot hinaus. Nach den Erzählungen der alten Fischer würde der sagenhafte Heringsschwarm in diesen Tagen vorbeiziehen, weit draußen, fern von den Fanggründen des Dorfes.

❧

Die Glocke schlug eins und Joris verschwand. Nur eine Pfütze auf dem Fußboden zeigte mir, dass es kein Traum gewesen war. Ich schrieb bis zum Sonnenaufgang. Dann schlief ich mit dem Kopf auf dem Tisch ein.

Mein Nacken schmerzte, als ich aufwachte, mein Rücken fühlte sich an, als ob er zerbrechen würde. Aber ich spürte auch eine tiefe Befriedigung, diese Geschichte zu erfahren.

Als ich aus dem Fenster blickte, radelte Ole am Haus vorbei. Suchend schaute er in den Garten, hielt an und stieg ab, kam aber nicht zum Haus.

Ich war wütend über diese Lügen und Verschwörungen. Meine Tür blieb heute für ihn zu!

Wo konnte ich mehr über Anneke und Joris erfahren? Ich nahm mein Handy und googelte die Telefonnummer des Heimatmuseums. Es klingelte lange, endlich meldete sich eine Frau mit „Moin".

„Ich rufe aus Annekes Hus an."

Stille am anderen Telefon.

„Wo sind die alten Kirchenbücher aus dem achtzehnten Jahrhundert?"

Zuerst dachte ich, sie wollte sich wieder stur stellen, aber dann antwortete sie. „Die sind verfilmt."

„Gut. Dann suchen Sie alles, was sie finden können, zu Anneke und Joris heraus." Nach kurzem Zögern setzte ich „Bitte" hinzu.

„Ich melde mich."

Aufgelegt!

Sehr kommunikativ die Leute hier.

Ich tippte die Geschichte in meinem Laptop fertig, beschloss aber, heute Nacht wieder per Hand zu schreiben. Deshalb legte ich mir Papier und Ersatzstifte zurecht.

Mitternacht nahte. Ich hätte nie gedacht, dass ich jemals mit Ungeduld und Spannung auf einen Geist warten würde. Die Glocke schlug endlich zwölf und das Schmatzen seiner Schritte kündigte ihn an. Ich ließ ihn selbst die Tür öffnen, wagte nicht, etwas am Ablauf zu ändern. Dann stand er in der Türöffnung, mir gegenüber, und wieder floss die Geschichte in meinen Kopf.

Joris hatte Glück bei seiner Fangfahrt. Er fand einen Heringsschwarm und kehrte mit einem Boot voller Fische heim. Auch am zweiten Tag gelang ihm ein reicher Fang und er erhielt gutes Geld. Er nahm sein Erspartes und kaufte dem alten Fiete sein Häuschen ab. Es lag außerhalb des Dorfes. Es sollte das Heim für ihn und Anneke werden. Deshalb nannte er es Annekes Hus.

Die Fischer schauten sorgenvoll in den Himmel und auf das Meer. Ein Sturm kündigte sich an. Man warnte Joris, allein so weit hinauszufahren. Aber Joris wollte den Schwarm nicht verlieren. Mit dem Geld im Strumpf wünschte er sich, endlich um seine Anneke anhalten zu können.

Vor Tagesanbruch fuhr Joris wieder los. Der Sturm traf ihn mit voller Wucht. Riesige Wogen türmten sich um ihn herum auf. Er tanzte mit seinem Boot dazwischen. Wieder und wieder überrollten ihn Fluten. Der Mast brach. Er kämpfte darum zu steuern, die Wellen mit dem Bug voran zu überqueren. Das Boot stach in die Vorderseite einer Welle, Joris stürzte in das kalte Wasser. Es schlug über ihm zusammen. Wie in einem Kreisel wurde er herumgewirbelt. In welche Richtung musste er sich zurückkämpfen? Er hatte die Orientierung verloren, entschied sich einfach für einen Weg. Prustend gelang es ihm, wieder aufzutauchen, wissend, es gab keine Chance für ihn, diesen Kampf zu gewinnen.

Wieder wurde er überrollt, in die Tiefe gezogen, hielt den Atem an, bis der Drang nach Luft unerträglich wurde. Er gab dem Reflex nach, atmete ein. Etwas verkrampfte sich in ihm. Er versank, glitt tiefer.

Schmerz überflutete ihn, das Wissen, Anneke nie wieder zu sehen, zu küssen, sie zu lieben. Sie würde nie erfahren, was mit ihm geschehen war. Sein Herz barst vor Leid.

Ich schnappte nach Luft, kämpfte um den nächsten Atemzug. Mein Brustkorb wurde eng, wie zugeschnürt. Ich sank zu Boden, fiel in die Wasserlache zu

Joris Füßen. Mühsam sog ich den Atem ein. Meine Lungen brannten. Nochmals kämpfte ich um Sauerstoff. Ich spürte, wie mich meine Kräfte verließen. Dunkelgrünes Wasser umgab mich. Ich schwebte, Seegras breitete sich als Teppich unter mir aus. Der Rumpf eines versunkenen Schiffes erhob sich neben mir. Ich sank auf den Boden. Sand wirbelte auf. Seemänner schwammen aus dem Wrack heraus, standen um mich herum, hießen mich willkommen als eine der ihren. Dunkelheit umfing mich.

❧

„Johanna! Johanna!"

„Wir hätten sie das nicht tun lassen dürfen! Es war zu gefährlich." Stine und Ole knieten neben mir.

Ich spürte sie, war zu kraftlos, um mich zu rühren. Ole drückte auf meinen Brustkorb. Wasser wurde aus meiner Lunge gepresst. Ich hustete und kam keuchend wieder zu Atem. Mühsam öffnete ich die Augen.

„Was ...?"

„Er ist weg. Aber du wärst fast ertrunken. Mitten im Wohnzimmer."

„Wie spät?"

„Kurz nach eins. Stine hatte eine Vorahnung."

Stine und Ole halfen mir zum Sitzen auf. „Geht's?"

Gierig sog ich den Sauerstoff in meine Lungen. Es schmerzte beim Atmen. „Wird schon … er hat das Haus für sich und Anneke gekauft."

Stine und Joris nickten stumm.

„Sie hat nie erfahren, was mit Joris geschehen ist."

Stine und Ole setzten sich mit mir auf das Sofa und ich erzählte ihnen Joris Geschichte. Dann bat ich sie, mich allein zu lassen, und schrieb alles in den verbleibenden Nachtstunden auf.

Am Morgen kamen sie wieder.

„Komm mit uns."

Ich zog mich rasch an und wir liefen in das Dorf, zur Kirche. Die beiden führten mich auf den Friedhof.

Dort wartete der Pfarrer auf uns. „Anneke hat einen Sohn geboren. Sie zog mit ihm in das Haus und lebte dort bis zu ihrem Lebensende. Ihr Grab ist noch hier. Ich zeige es Ihnen."

„Joris war verzweifelt, Anneke zu verlieren!"

Der Pfarrer nickte und führte uns in eine abgelegene, verwilderte Ecke am äußersten Ende der Friedhofsmauer. Dort schob er Zweige zur Seite und legte einen verwitterten Grabstein frei.

Stine packte einige Ranken, um sie herauszureißen.

Ich hielt sie auf. „Lass alles so."

Neben Annekes Grab war ein Stein, ich setzte mich darauf, um ihr nahe zu sein, und begann zu erzählen. Wir schwiegen, nachdem ich geendet hatte, bis sich der Pfarrer räusperte und das Vaterunser für Anneke und Joris begann.

Ole hatte mein Manuskript mitgebracht. Ich rollte es zusammen und steckte das Bündel in die weiche Erde.

„Was wollen Sie heute Nacht tun?", fragte der Pfarrer.

„Joris hat seine Geschichte erzählt. Alles ist gut."

❦

Ich machte es mir auf dem Sofa gemütlich und wartete. Mitternacht, der letzte Glockenschlag. Das Schmatzen erklang, ich war neugierig auf Joris, wollte ihm alles berichten. Aber die Tür öffnete sich heute nicht. Ich wartete. Ein Uhr. Ein Kratzen erklang an der Tür, dann war Stille. Ich lauschte weiter und schlief schließlich ein.

Die Sonne schien mir ins Gesicht und weckte mich. Ich sprang auf und lief zur Haustür. Auf der Schwelle war eine Pfütze, darin lag ein hühnereigroßer Bernstein, Pflanzenfetzen bildeten zarte Wolken. Ein Insekt war eingeschlossen.

Ich nahm den Stein in die Hand und schickte Joris einen stummen Gruß.

Das alte Kino auf dem Montmartre

Das alte Kino
auf dem Montmartre

Es ist schon lange Zeit her, ich studierte in den neunzehnhundertneunziger Jahren Literatur in Paris. Meine winzige Wohnung befand sich im Dachgeschoss eines Bürgerhauses auf dem Montmartre, unterhalb der Treppen zu Sacré-Cœur. In der Küche war nur Platz für eine Person. Gerade mal das Bett passte in das Schlafzimmer. Durch das Fenster konnte ich auf das Dach klettern und den Blick über die Stadt, die Seine bis zum Eiffelturm genießen.

An jedem Abend fuhr ich mit der Metro bis zum Place Blanche, schmunzelte über die Touristenbusse und das Lichterspektakel vom Moulin Rouge und ließ mich entlang des Boulevard de Clichy durch die Menschenmassen treiben. Am Place Pigalle schwenkte ich in das Herz des Viertels ein und betrat eine andere Welt.

Vor der Brasserie mit der blaugestrichenen Holzfassade saß Iwan mit seinem Akkordeon und spielte wehmütige russische Weisen. Er war in der Nachkriegszeit mit seiner Frau von Moskau nach Paris geflohen. Die Hoffnung auf Erfolg als Musiker blieb ein Traum. Seine Frau war krank und das Geld knapp. Ich warf ein oder zwei France in seinen Hut und er lächelte mir zu.

Ich liebte es, abends durch diese Straßen zu streifen, die Düfte aus den Restaurants und Boulangerien zu inhalieren. Die Aromen von frischem knusprigem Baguette und buttrigen Croissants erinnerten meinen Magen daran, dass meine letzte Mahlzeit schon viele Stunden zurücklag.

Das Licht in den Schaufenstern wirkte warm und heimelig. Lampen und kleine Scheinwerfer beleuchteten zusätzlich die Fußwege, auf denen sich dicht an dicht Stühle um winzige runde Tische drängten. Ich schlängelte mich mitten hindurch oder lief auf der Straße über das unebene Pflaster, wo Autos die Fußgänger anhupten.

Vielsprachiges Stimmengewirr umgab mich, und ich beobachtete die Leute vor den Restaurants und Cafés und ihre Eigenarten. Einige thronten dort, um gesehen zu werden, andere saßen allein an ihrem

Tisch, beugten sich über ihr Glas Rotwein, der Einsamkeit ihrer Wohnung entflohen. Die Temperamentvollen unterhielten die halbe Straße. Gestenreich diskutierten sie mit einem Bekannten von Gegenüber, palaverten gegen die Konkurrenz des Nachbarcafés an.

Gruppen von Touristen streiften durch die Gassen, gafften die Restaurantbesucher an, strömten in die Souvenirshops und zogen getrieben von ihrem Guide weiter zur Kirche Sacré-Cœur.

Über die Rue Ravignan gelangte ich zum Place Émile-Goudeau. Ich mochte den baumbestandenen Platz mit dem altmodischen Trinkwasserbrunnen. In meiner Fantasie stellte ich mir vor, wie hier um neunzehnhundert Picasso, Modigliani und andere noch arme, unbekannte Künstler ihren Wein genossen und sich ihren Musen widmeten.

Nur wenige Häuser weiter saß der alte Arthur an einem Caféhaustisch vor dem Petite table, nickte mir zu und hob sein Glas zum Gruß. Tagsüber bot er Führungen über den Cimetière de Montmartre an. Abends trank er hier seinen Rotwein, aß ein Croque Monsieur und flirtete mit Giselle, der Kellnerin.

Zwei Tische weiter hielt Madame Margaux Hof. Sie war eine Grande Dame mit der Eleganz des alten Paris – Chanel-Kostüm, eine Pelzstola um die Schultern, das schneeweiße Haar wie frisch vom Coiffeur, Lippenstift und Nagellack blutrot. Sie wäre Schauspielerin gewesen, flüsterte mir Giselle zu. Nie saß sie ohne Zigarette an ihrem Tisch, das Ganze inszeniert mit einer handlangen Zigarettenspitze.

Ibrahim betrieb mit seinen Söhnen die Boulangerie au joyeux pain plat mit köstlichem Baklava. Ich roch den Duft seines Gebäcks, sobald ich in die Straße einbog. Er hatte mich als potenzielle Schwiegertochter ins Auge gefasst. Sein Sohn Daryan sah das wohl ähnlich, flirtete mit mir und warf mir feurige Blicke zu. Ich hatte andere Lebenspläne, fern von einer Bäckerei in Paris.

Kam ich nach Hause, lugte Ibrahim schon um die Ecke. Meist hielten wir ein Schwätzchen, gelegentlich winkte er mich herein und gab mir einen Karton der siruptropfenden Gebäckstücke mit. Ich wäre ihm zu dünn, müsse mehr essen, damit ich gesunde Kinder bekommen könne. Er formte eine üppige Frau mit seinen Händen und ich lachte, winkte ihm zu und stieg die steile Straße und dann die Stufen bis zu meiner Wohnung hinauf.

Oben angekommen nahm ich meine Baklava und einen Café au Lait, kroch durch das Fenster auf das Dach, lehnte mich an den Schornstein und genoss den Blick über das Lichtermeer von Paris.

Ich sog die Geschichten der Menschen auf dem Montmartre in mich auf, spann jeden Abend Ideen für Romane und Novellen.

Von meinem Sitzplatz aus schaute ich in eine Seitengasse, die Rue des Poulettes. Sie lag abseits des Treibens, ohne Cafés, die ihr Licht auf die Straße strahlten. Hier trieben sich nachts die Ratten aus den Paris Egouts herum, dem weit verzweigten Untergrundsystem. Deshalb mied ich diesen Weg nach Sonnenuntergang.

Ort meiner Fantasien war ein vergessenes Kino in dieser Gasse. In den Schaukästen hingen Fetzen verblasster Filmplakate. Die doppelflügelige Eingangstür verbarrikadierten gekreuzte Bretter. Die zerbrochenen Röhren der Leuchtreklame erinnerten an bessere Zeiten. Ich hatte wochenlang gegrübelt, welchen Namen die Röhren einst gebildet hatten. Cinema des Anneés folles – Kino der goldenen zwanziger Jahre – war für mich das einzige sinnvolle Ergebnis gewesen. Aber nirgendwo konnte ich etwas zur Geschichte des Kinos finden. Selbst Giselle hatte nur mit den Schultern gezuckt und gemeint, es wäre ihr noch nie aufgefallen.

Wie konnte man ein ganzes Kino übersehen? Zu gern hätte ich einen Blick in das Innere geworfen. Aber selbst durch die Glasscheiben des Eingangs konnte ich nur in absolute Dunkelheit starren.

Ich biss in mein erstes Stück Baklava und leckte mir den Sirup von den Fingern. Vor Genuss schloss ich die Augen, als ich die süße Füllung aus Pistazien und Nüssen zwischen dem blättrigen Teig kostete. Ich spülte das Gebäck mit einem Schluck Café au Lait herunter, schaute wehmütig in die Gasse und stutzte.

Aus dem Kino fiel ein Lichtschimmer auf den Fußweg. Ein Funke Hoffnung glomm in mir auf. Würde jemand dieses Kino wiedereröffnen?

Ich wischte mir die Hände an der Serviette ab und kletterte zurück in die Wohnung. Dort schnappte ich mir eine Jacke, rannte die Treppen hinab, die Straße entlang und bog in die Gasse ein.

Tatsächlich! Die Tür stand offen. Misstrauisch äugte ich nach Ratten und wich den dunkelsten Ecken aus, als ich näher ging. Leise Klaviermusik drang aus dem Kino und ich schob die Tür ein Stück weiter auf.

Vorsichtig betrat ich das Foyer. Die Caisse war dunkel und unbesetzt. Marmorsäulen standen auf einem mit Unrat übersäten Fußboden, vom einst edlen schwarzen Teppichboden waren nur noch Fetzen geblieben. Die Decke hatte irgendwann einmal vergoldeter Stuck geschmückt. Eine einzige Rosette war noch vorhanden. Die Flügeltüren zum Saal umrahmten geschnitzte Ornamente. Sie standen offen.

Die Musik zog mich tiefer in das Kino hinein. Die Vorhänge vor der Leinwand waren geschlossen. Auf einer schmalen Bühne stand ein Klavier. Ein Mann in schwarzem Frack saß davor und spielte ein Lied. Er schien so alt wie das Jahrhundert zu sein.

Leise lief ich durch den Gang bis zur Mitte des Saals und wollte in eine der Sitzreihen treten, da sah ich Madame Margaux zwei Reihen weiter vorn sitzen. Ich zögerte kurz, dann ging ich vor und blieb neben ihr stehen.

„Permettez-moi?", fragte ich sie.

„Bien sûr." Sie nickte mir zu.

Ich ließ mich an ihrer Seite nieder und wir lauschten der Musik. Mir kam die Melodie bekannt vor. Wo hatte ich sie schon gehört?

Das Licht erlosch und der Vorhang ging auf. Auf der schwarzen Leinwand erschien in gotischen Schriftzeichen „Die Nibelungen".

Natürlich kannte ich den Filmtitel, wusste, dass Fritz Lange in den Neunzehnhundertzwanzigern diesen Stummfilm gedreht hatte. Ich mochte keine Stummfilme, konnte keinen Zugang dazu finden. Zu theatralisch und überzogen waren für mich die Gesten und der Humor, die Musik zu bombastisch, die Bildqualität für heutige Verhältnisse indiskutabel.

Aber nun war ich gebannt. Ich hatte endlich mein Ziel erreicht und saß im Kino meiner Träume. Alles in mir kribbelte vor Vorfreude, einen Film in diesem Kino zu sehen, das so viele Geschichten und Träume hatte vorbeiziehen sehen.

Der Pianist spielte meisterhaft. Vor ihm lagen keine Noten. Mich ergriff die melancholische Melodie. Ich verspürte einen Sog, wie Musik ihn noch nie in mir ausgelöst hatte. Gänsehaut überzog meine Arme.

Der Darsteller des Siegfried war ein muskulöser, attraktiver Mann. Er spielte die Rolle rückhaltlos und leidenschaftlich. Von der Leinwand herunter schaute er mir direkt in die Augen, bannte mich mit seinem Blick auf meinen Sitz und gab mir das Gefühl, als ob er die Geschichte nur für mich erzählte.

Ich folgte ihm auf seiner Reise, bangte mit ihm, verfluchte die dämonisch wirkende Kriemhild, schüttelte den Kopf über den schwachen König Gunther, der aus mir nicht verständlichen Gründen unbedingt die starke Brunhilde wollte. Mit ihren Körpern und ihrer Mimik zeichneten sie für mich die Geschichte um unerfüllte Liebe, Betrug, Verrat, Rache und Tod. Tränen liefen über meine Wangen, als Siegfried starb. „Ende Teil 1" erschien.

Das Licht leuchtete auf.

Madame Margaux betrachtete mein verweintes Gesicht: „Bien. Sie haben verstanden."

Der Pianist stieg mühsam die Stufen von der Bühne herab. Mit steifen Gliedern stakste er den Gang entlang zu Madame Margaux. Er reichte ihr die Hand, sie griff danach und erhob sich. Mit kerzengerader Haltung verließ sie das Kino.

Mit ihr erloschen auch das Licht und jede Spur der ehemaligen Pracht.

Ich tastete mich aus dem Saal hinaus. Dumpf und nach Unrat roch die Luft. Ich hatte es vorhin nicht bemerkt, nur den Hauch von Parfüm, der auch jetzt noch über allem schwebte. Ein alter Duft, die Inkarnation des Glamours einer untergegangenen Welt.

Die Straße war verlassen. Ich schob die Türen des Kinos zu und machte mir Sorgen um Eindringlinge, weitere Zerstörungen. So gut es ging, hämmerte ich mit meinem Schuh die Bretter wieder an das Portal.

Zu Hause stieg ich nochmals auf das Dach und schaute in die Gasse. Ratten huschten über die Straße und Fußwege. Ein Hund trottete am Kino vorbei, hob sein Bein und leistete seinen Beitrag zum Geruchspotpourri der verlassenen Straße.

Am nächsten Abend hockte ich mich auf mein Dach und blickte gespannt in die Gasse. Die Nacht lag über Paris und dem Montmartre. Ein Klopfen auf dem Asphalt erklang. Madame Margaux erschien, sie hatte sich heute auf einen Stock gestützt, was ihrer stolzen Haltung keinen Abbruch tat. Der Pianist hielt ihren Arm und schlurfte gebeugt neben ihr her. Vor dem Kino blieben sie stehen. Die Bretter waren abgefallen. Er schob sie beiseite, zog an der Tür und verbeugte sich leicht vor ihr, als sie eintrat.

Rasch schlüpfte ich vom Dach und rannte die Treppen hinunter, sprang aus dem Hauseingang und eilte weiter zum Kino. Der sanfte Lichtschimmer empfing mich und ich spürte Erwartung in mir aufsteigen. Ich durchquerte das Foyer und fand Madame Margaux auf dem Platz vom Vorabend wieder.

Respektvoll näherte ich mich ihr. „Bonsoir, Madame."

Sie neigte ihren Kopf. „Je vous attendais, ma colombe."

Ich setzte mich. Sie gab dem Pianisten ein Zeichen. Das Licht erlosch, der Vorhang glitt auseinander.

Mein Herz klopfte vor Aufregung. Was würde sie mir heute zeigen?

„Nosferatu?" Während meines Studiums hatte ich eine heimliche Leidenschaft für schwarze Romantik entdeckt. Ich war gespannt und lehnte mich im Sessel zurück.

„Aufzeichnung über das große Sterben 1838 in Wisborg" erschien auf der Leinwand. Ich verfolgte die Vorgeschichte, bis der Hauptdarsteller endlich in den Karpaten ankam, dort alle Warnungen ignorierte und sich mitten in die Burg des Bösen begab. Ich verkniff mir ein Lachen. Da hatte sich in all den Jahren wenig an den Plots von Horrorfilmen geändert.

Endlich traf er auf den Vampir! Die Maske des Grafen Orlok wirkte auf mich eher bizarr. Trotzdem verspürte ich Grusel, der meinen Nacken hochkroch. Diese Gefühle entstanden, ohne dass wirklich eine Gewalttat zu sehen war. Die Furcht baute sich allein in meinem Kopf auf. Ich war fasziniert und wollte mehr dazu aus literaturwissenschaftlicher Sicht zusammentragen. In Kürze musste ich mir ein Thema für die Abschlussarbeit suchen. Schwarze Romantik … ich erwärmte mich zunehmend für den Stoff.

Am Ende des Filmes erhob sich Madame Margaux wortlos, reichte dem Pianisten ihre Hand und sie entschwanden wie ein Traum am Morgen.

Am nächsten Tag konnte ich es kaum erwarten, dass es Abend wurde. Mit klopfendem Herzen fieberte ich auf dem Dach dem Kommen von Madame Margaux und ihrem Begleiter entgegen, um zu ihnen zu eilen.

„Es war eine große Zeit", brach sie das Schweigen, nachdem ich wieder neben ihr Platz genommen hatte. „Maurice feierte Erfolge in den Folies Bèrgere. Dann ging er in dieses unsägliche Land."

Ich grübelte, wen sie meinte, bis ich das Lied des Pianisten als „Valentine" erkannte, einen der größten Erfolge von Maurice Chevalier. Meinte sie ihn? Chevalier war Ende der neunzehnhundertzwanziger Jahre in die USA gegangen. Das konnte passen.

„Damals gab es noch die großen Stars. Sie waren Götter. Die Welt lag ihnen zu Füßen. Das Publikum jubelte uns allen zu." Sie neigte den Kopf nach links und rechts vor imaginären Gästen.

„Haben Sie Maurice Chevalier persönlich gekannt?"

„Oui. Ich habe mit den Großen gedreht!"

Sie hielt Hof, ihre Augen schweiften durch den Saal, erblickten Bilder ferner Zeiten.

„Wenn ich einen Wunsch frei hätte, würde ich zu gern einen Blick in diese Zeit werfen und Sie in einem Ihrer Filme sehen."

Sie schaute mich an und hob ihre rechte Hand.

Die Lampen im Saal dimmten sich herab. Die Farben veränderten sich. Der schäbige Vorhang wurde von einem Scheinwerfer angeschienen. Das dunkle Rot veränderte sich, erstrahlte in neuem Glanz. Neben mir füllten sich die Plätze. Leute lachten und schwatzten durcheinander.

Ihre Kleidung! Die Frauen trugen weitgeschnittene Kleider mit tiefsitzender Taille aus Goldlamé, Chiffon und Seide.

Eine Dame mit Bubikopf, Männerhose, Hemd, Krawatte und Oxfordschuhen schritt nonchalant den Gang entlang. Die Gitanes zitterte in einer Zigarettenspitze in ihrem Mundwinkel. Sie setzte sich in die erste Reihe neben einen Mann um die Vierzig, mit zurückgegeltem schwarzem Haar und buschigen Augenbrauen.

Ein Conférencier stieg auf die Bühne. „Bonsoir et bienvenue Mesdames et Messieurs. Wir begrüßen den berühmten Regisseur Abel Gance mit seinem Filmwerk Napoléon." Der Mann neben der Dame im Garçon-Look erhob sich und verneigte sich vor den Zuschauern im Saal.

Das war Abel Gance! Und Napoléon! Ich spürte, wie Aufregung in mir aufstieg. Mein Herz begann heftig zu klopfen.

Aber wie kam ich in diese Vorstellung? Begann ich zu halluzinieren? Ich roch wieder dieses Parfüm, verwirrte es meine Sinne?

Ich blickte nach rechts, wo Madame Margaux gesessen hatte. Eine junge Frau im goldfarbenen Kleid mit blondem Bubikopf und Glockenhut saß neben mir. Sie sah mich an und lächelte. „Sie sind alle da!"

„Madame Margaux?"

„Mademoiselle Margaux!"

Das Licht erlosch und das Gemurmel im Saal wich erwartungsvoller Stille.

Ein Mann setzte sich an das Klavier. Ich schaute ihn mir genauer an. Es war der alte Pianist, jetzt als junger Mann!

Die Anfangsszene kannte wohl jeder. Als Kadettenschüler errang der kleine Napoléon seinen ersten Sieg gegen eine erdrückende Übermacht ... in einer Schneeballschlacht! Die Kamera flog schließlich selbst einem Schneeball gleich durch die Luft.

Der Unterschied zu den beiden Filmen gestern und vorgestern war krass. Die anderen Filme waren an schmalen Sets gedreht, mit selten mehr als einem halben Dutzend Schauspielern im Bild. Gance hatte ein Mammutprojekt geschaffen, Action-Szenen mit stellenweise Hunderten von Statisten. Der Hauptdarsteller posierte sich in Alpha-Männchen-Manier durch den Film, immer klüger, vorausschauender als seine Zeitgenossen. Aber seine Intensität, sein Blick gingen mir unter die Haut.

Zu meiner Überraschung endete der Film ausgerechnet vor dem ersten Großereignis in Napoléons Laufbahn, dem Feldzug gegen Italien. Mir tat der Hintern weh, ich war enttäuscht und begierig die Ereignisse und sein Leben weiter zu verfolgen.

Hastig presste ich meine Hand vor den Mund und unterdrückte ein Auflachen, als mir einfiel, dass jemand das Werk als filmische Patriotismus-Erektion bezeichnet hatte. Das traf es punktgenau.

❦

Die Zuschauer im Saal saßen in ihre Sessel versunken. Nicht so Gance. Es wirkte, als hätte man ihm eine Stuhlerhöhung untergeschoben. Er thronte in der ersten Reihe, den Kopf erhoben, das Kinn nach oben gereckt.

Das Publikum applaudierte schon seit Minuten tosend. Gance erhob sich, wippte auf seinen Fußballen vor und zurück. Seine rechte Hand hatte er in die Weste geschoben, stilisiert als Herrscher, mit seinem Helden über den Film hinaus verschmolzen.

Der Conférencier betrat wieder die Bühne, lud mit Winken den Regisseur und die Darsteller aus der ersten Reihe ein, ihm zu folgen.

Ich beugte mich nach vorn und schaute fasziniert zu, wie Albert Dieudonné, der Darsteller von Napoléon, Gina Manès, im Film Joséphine de Beauharnais, Antonin Artaud, ein eindrucksvoller Marat, die Stufen zur Bühne erklommen. Sie waren Stars am Kinohimmel und würden doch knapp sechzig Jahre später im Dunkel der Filmgeschichte verschwunden sein.

Die Nebendarsteller betraten die Bühne. Madame, hier noch Mademoiselle Margaux, sprang von ihrem Platz auf und tänzelte mit strahlendem Lächeln, nach links und rechts winkend nach vorn, erklomm die Bühne und verneigte sich. Man gab sich Bisous links und rechts – Frauen wie Männer.

Inmitten der Darsteller stand Margaux und genoss ihren Applaus.

Als Ehrengast wurde nun Maurice Chevalier begrüßt und auf die Bühne geholt. Der Beifall brandete auf, die Zuschauer sprangen von ihren Plätzen und applaudierten sich die Hände wund.

Margaux war es gelungen, ihren Platz zu wechseln und sich direkt neben Chevalier zu platzieren. Der hatte den Arm um sie und den Regisseur, der auf der

anderen Seite stand, gelegt und posierte für die Fotografen.

Wie festbetoniert behielt Margaux ihr Lächeln bei.
Aber es war mehr als ein Kameralächeln. Ihr Blick,
wie sie Chevalier unter ihren leicht geschlossenen Lidern mit den langen Wimpern heraus anschaute …
sie hat ihn geliebt, schoss es mir durch den Kopf.

Mein Blick fiel auf den Klavierspieler. Sein Blick
war an Margaux festgesaugt.

Ich begriff die Tragödie.

Kurz nach Mitternacht verließ Chevalier das Kino.
Der Champagner floss immer noch in Strömen. Musi-
ker spielten zum Tanz. Gelächter, Geflüster, heimliche
Blicke und gestohlene Küsse hinter Marmorsäulen.
Ein buntes Kaleidoskop des Lebens.

Chevalier hielt Margaux im Arm, als er das Kino
verließ. Blitzlichter der Fotografen begleiteten sie. Bevor sie in das Taxi stiegen, blickte Margaux über ihre
Schulter und zwinkerte mir zu. Dann verschwand sie
im Auto.

Das Kino leerte sich. Ich kehrte in den Saal zurück.
Der Klavierspieler saß auf der Bühne, hatte den linken
Arm auf dem Instrument aufgestützt und seine Stirn
in die Handfläche geschmiegt. Mit der rechten Hand
improvisierte er eine wehmütige Melodie.

Er hob den Kopf, als er meine Schritte hörte. Da war so viel Trauer in seinen Augen. Sie sah ihn nicht.

❦

Ich erwachte, die Armlehne des Kinosessels stach mir in die Seite. Was war geschehen? Madame Margaux? Das Jahrhundert war über sie, den Klavierspieler, das Kino hinweggeglitten.

„Das Leben ist nur ein Traum", hatte sie geseufzt.

Erschöpft schlurfte ich nach draußen. Nachdenklich blieb ich in der Saaltür stehen, schaute noch einmal zurück zur Bühne, ließ meinen Blick über das schäbige Interieur wandern. Da hörte ich vor dem Kino Rufe und eilte hinaus.

Der Klavierspieler lag auf dem Fußweg. Madame Margaux kniete neben ihm. Er war benommen, aber bei Bewusstsein. Daryan kam in die Gasse gerannt, zog während des Laufens sein Handy aus der Tasche und wählte den Notruf. Ich kniete mich neben den Pianisten, nahm seine Hand.

Trotz allem bewahrte Madame Margaux Würde. Es war wie ein Panzer, der sie umgab, aufrecht hielt. Aber ich sah die Tränen in ihren Augen glitzern.

„Mein lieber Bernard", waren ihre einzigen Worte.

Rettungssanitäter schoben ihn in den Krankenwagen. Er streckte die Hand nach ihr aus und sie folgte ihm in das Auto.

„Daryan, können wir hinterher fahren?", drängte ich.

Er nickte und eilte los, sein Auto zu holen. Ich kannte den Pariser Fahrstil, aber Daryan ergänzte ihn noch um seine ganz eigene Note. Zahllose rote Ampeln, quietschende Reifen, hupende Autofahrer später fuhren wir vor der Notaufnahme des Krankenhauses vor.

Ich dankte ihm und rannte in das Gebäude. Ich gab mich als Madame Margauxs Enkelin aus und man schickte mich in einen Warteraum. Daryan setzte sich zu mir. Stunden saßen wir da, sahen vorbeieilende Schwestern, Pfleger, Ärzte. Ein Mann nach einer Messerstecherei, Betrunkene, Unfallopfer, ein Kind mit rasselndem Atem … das Leben lief in seiner ganzen Fülle auf dem Gang ab. Gegen Morgen kam eine müde Ärztin in den Raum, schaute uns an und sagte: „Es ist vorbei."

Wir nickten und schlichen auf den Gang. Die Tür zu einem der Zimmer stand offen. Madame Margaux saß aufrecht an einem Bett und hielt eine Hand. Bernard, schoss es mir durch den Kopf. Ihr Haupt war hocherheben, eine einzelne Träne lief über die Wange.

Ich kam mir wie ein Eindringling vor und wir huschten weiter.

Draußen stiegen wir in das Auto. Ich lehnte den Kopf an das Fenster, war kaum noch in der Lage die Augen offen zu halten.

Beim Aussteigen blickte ich in die Gasse. Die Tür des Kinos stand weit offen. Licht quoll auf die Straße.

Obwohl Müdigkeit mich fast zu Boden zog, schleppte ich mich bis zum Kinoeingang. Daryan blieb bei mir. Leise Klaviermusik drang aus dem Saal. Wir liefen durch das Foyer. Für einen Moment blitzte die abstruse Hoffnung in mir auf, Bernard im Saal zu sehen. Ich spähte hinein. Das Klavier stand mit geöffnetem Deckel auf der Bühne, niemand saß davor.

Auf der Leinwand bewegten sich Bilder. Ein alter Stummfilm. Ein Paar tanzte im Stil der neunzehnhundertzwanziger Jahre Charleston. Wir standen da und schauten ihnen zu.

Ich brauchte einige Sekunden, bis ich Madame Margaux und Bernard erkannte. Beide blickten sich glücklich und verliebt in die Augen. Bernard legte den Arm um Margaux und zog sie an sich. Sie reckte sich zu ihm hoch und drückte ihre Lippen auf seinen Mund.

Die beiden drehten sich zum Saal, winkten und lachten uns zu.

Eng umschlungen schlenderten sie fort zum Horizont, an dem sich die ersten Strahlen der Sonne erhoben. Sie schritten auf einem nur für sie sichtbaren Weg, wurden immer kleiner auf der Leinwand, bis sie verschwanden.

Nebel-mönche

Band 2 - Vorgeschichte

Nebelmönche
(Band 2 – die Vorgeschichte)

Fackeln und Feuerschalen warfen ihren flackernden Lichtschein auf den Burghof. Dicke Stumpenkerzen in hohen Glasgefäßen brannten auf Stehtischen. Gruppen von Strohballen dienten als Sitzbänke für die Gäste. Ringsum an den Wänden ließen die Flammen üppige Ranken von Efeu und Wein erkennen, die sich hin zu den Mauerkronen im Dunkel der Nacht verloren.

Schnee ließ ihren Blick über die Besucher schweifen und beobachtete Magnus' Eltern. Sie kannte Magnus erst wenige Wochen und war überrascht, dass er sie so schnell nach Hause eingeladen hatte. Wobei „zu Hause" eine ganze mittelalterliche Burg umfasste.

Magnus und seine Eltern führten eine Anlagenbaufirma. Als Unternehmenssitz hatten sie diese Burg aus dem vierzehnten Jahrhundert restauriert. Sie erhob sich auf dem äußersten Ausläufer eines an drei Seiten von einem Fluss umflossenen schroffen Felsens. Ein monumentaler Wohnturm mit Erkertürmchen bildete den Mittelpunkt der ovalen Burganlage. Nur über eine schmale Steinbrücke gelangte man in den Burghof.

Bei der Ankunft am Nachmittag hatte sie Abort-Erker an den Außenmauern gesehen. Eines der Häuschen klebte auch an der Innenmauer neben dem Torhaus in luftiger Höhe und war im Dunkeln gerade noch zu erahnen.

Schnee schaute belustigt einer Gruppe von Männern und Frauen in schicker Abendgarderobe zu, Magnus hatte ihr verraten, dass es Geschäftspartner waren. Er und seine Eltern hatte zum Sommerfest geladen. Mittelalterliche Gaukler spielten Musik und trieben ihren Schabernack mit den Gästen. Schnee war froh, ihnen entronnen zu sein. Magnus hatte sie zum Tanzen aufgefordert. Einer der Gaukler war ständig um sie herumgesprungen und hatte Münzen, Blumen und zum Schluss eine unechte Taube aus ihrer Kleidung gezaubert. Dabei ließ ihr Abendkleid nicht viel Raum zum Verstecken.

Aus dem Küchenhaus brachten die Angestellten der Cateringfirma Nachschub für das rustikale Büffet, dessen Mittelpunkt ein Wildschwein am Spieß bildete.

Magnus wurde überall mit Schulterklopfen oder Umarmungen begrüßt. Er bewegte sich mit souveräner Sicherheit durch die Gästegruppen. Schnee war froh, endlich am Rande stehen zu können. Diese Welt war ihr als Studentin fremd.

Sie legte den Kopf in den Nacken und blickte den Wohnturm hinauf. Ein sechs Etagen hoher Kasten. Erst der Dachreiter und die Erkertürmchen gaben ihm seinen Charme. Die restlichen Gebäude entlang der Burgmauern waren niedriger, je nach Bedarf angebaut worden.

Ein Wochenende in einer richtigen Burg, wie aus einem Kleinmädchentraum! Sie hatte sich von Magnus gewünscht, im ältesten Teil des Wohnturms schlafen zu dürfen. Seine Mutter hätte gelacht, berichtete er, und ihn mit Schnees Faible für Gruselgemäuer geneckt.

Schnee schmunzelte bei der Erinnerung. Sie stellte ihr leeres Weinglas auf das Tablett einer Kellnerin und sah verstohlen auf ihre Uhr. Fast Mitternacht. Sie trat ein paar Schritte nach vorn, sodass sie Magnus besser sehen konnte. Er schaute zu ihr herüber und lächelte sie an.

Seine Mutter trat neben sie. „Sind Sie müde, Schnee?"

„Ehrlich gesagt ja. Es war eine harte Woche. Ich stecke mitten in meiner Masterarbeit." Dass sie außerdem gern mit Magnus allein sein wollte, verschwieg sie, las aber das Wissen und Verständnis darum in den Augen seiner Mutter. Sollte sie schon allein in ihr Zimmer gehen? Sie warf einen Blick zu Magnus. Das Gespräch mit seinem Geschäftspartner schien sich hinzuziehen. Aber offenbar konnte Magnus Gedanken lesen. „Bald", formte er stumm mit dem Mund in Schnees Richtung.

„Finden Sie den Weg zu Ihrem Zimmer?", erkundigte sich seine Mutter. „Ich schicke ihn bei der ersten Gelegenheit nach", setzte sie mit einem Zwinkern hinzu.

Sie war eine unkomplizierte, warmherzige Frau. Schnee hatte sich auf Anhieb mit ihr verstanden. „Danke! Das Fest hier ist ein ganz besonderes Erlebnis für mich. Entschuldigen Sie bitte, dass ich so müde bin." Schnee wandte sich ab und stieg die Stufen zum Eingang des Wohnturms hinauf.

Hinter ihr spielte die Musik, lachten und scherzten die Leute. Sie schob die schwere Pforte auf, trat ein und ließ die schmiedeeiserne Klinke los. Mit einem dumpfen Knall fiel die Tür hinter ihr ins Schloss. Dann umgab sie nur noch Stille.

Schnee blieb stehen und spürte der Atmosphäre des Hauses nach. Alt! Die Luft roch leicht dumpf. Dunkel! Nur kleine Nachtlichte erleuchteten die Halle und die schmale Steintreppe zu den Obergeschossen. Geheimnisumwoben! Irgendwo hier verbargen sich Verbindungen zu ihrer eigenen Familiengeschichte. Im den Familienpapieren war diese Halle bis ins kleinste Detail beschrieben, selbst die fehlende Ecke der Bodenfliese rechts vom Treppengeländer... Sie würde die nächsten Tage nutzen, um das Rätsel zu lüften.

Entschlossen stieg sie die Stufen zur ersten Etage empor. Ein langer Gang quer durch die Etage lag vor ihr. Sie betrat ihn, folgte dem fahlen Lichtschein der Lämpchen knapp über den Fußbodenleisten.

Verlorenheit! Das Gefühl flutete wie eine Welle durch ihren Körper, weitere, größere Wellen folgten. Schnee blieb stehen. Woher kam das? Der Gang wirkte mit einem Mal dunkler, die Schatten krochen aus ihren Ecken, ein Frösteln überzog ihre Haut. Sie trug nur das dünne Kleid. Der Steinfußboden und die Wände strahlten Kälte aus. Schnee beschleunigte ihre Schritte. Sie versuchte den Gedanken abzuschütteln, dass hier etwas auf sie lauerte.

Von der Wand blickten Ahnen aus den Porträts in den Flur. Ihr Blick streifte die Gemälde. Bildete sie sich das nur ein oder folgten ihr die Augen des Herrn mit der weißen Perücke und der Uniform?

Ich bin übermüdet und habe Alkohol getrunken, versuchte Schnee sich gegen die Halluzinationen zu wehren. Ein Luftzug streifte sie. Rasch wandte sie den Kopf, kontrollierte den Gang und alle dunklen Ecken hinter sich. Nirgendwo war eine Bewegung zu sehen.

Am Ende des Ganges schraubte sich eine Wendeltreppe nach oben in die Finsternis. Sie wusste, dass ihr Weg dort entlangführte, und verfluchte sich, weil sie ohne Magnus losgegangen war. Ein letzter Blick zurück in den Flur, sie hob ihr Kleid an, streifte die High Heels ab und spurtete die eisigen Steinstufen nach oben. Am liebsten hätte sie laut gesungen. Diese Dunkelheit, diese Stille drückten, wie ein Alb auf ihre Brust.

Erst vor ihrem Zimmer bremste sie ab, warf einen prüfenden Blick um sich und drückte die Klinke hinunter.

Schwärze schlug ihr entgegen, als sie die Tür aufschob. Sie tastete nach dem Lichtschalter und verspürte Erleichterung, als helles Licht erstrahlte.

Hinter ihrem Rücken fiel die Tür wieder in das Schloss.

Okay, hier war es wenigstens hell. Aber der schwere Schrank neben dem Bett! Das Holz war schwarz und mit Schnitzereien verziert. War die Tür verschlossen oder stand sie einen Spalt offen? Schnee schlich zum Schrank. Eine kleine Ritze klaffte zwischen Türblatt und Anschlagholz. Sie ergriff den eisernen Schlüssel und riss die Schranktür auf.

Leer!

Sie atmete vor Erleichterung prustend aus. Ein Kleiderschrank! Wie zu erwarten war.

Angst sollte man vor alten Gemäuern an der Garderobe abgeben! Die Wände sahen so dick aus, ohne Lautsprecheranlage könnte sie sowieso niemand hören. Aber bald würde Magnus nachkommen!

Vorfreude stieg in ihr auf, als sie das Himmelbett mit den duftigen Vorhängen betrachtete. Sie legte den Kopf in den Nacken und bewundert die Blumenranken an der Holzbalkendecke. Die Farben strahlten in satten Blautönen.

Das Fenster war klein und in die mächtigen Mauern eingelassen. Sie öffnete den Fensterflügel und zwängte sich in die Lücke, um sich hinauszulehnen und den frischen Wind zu genießen.

Es war dunkel, aber sie ahnte, wie schroff und weit hinab der Felsen unter ihrem Fenster abfiel. Tief unten hörte sie das Rauschen des Flusses, der über das Wehr schäumte.

Sie zog den Kopf wieder herein und wanderte durch das Zimmer. Die kleine Tür neben dem Schrank hatte sie schon am Nachmittag wahrgenommen. Da war aber keine Zeit geblieben, sich umzuschauen.

Von Blaubart-Kammern hatte ihr Magnus nichts erzählt und so öffnete sie sie mutig. Das Badezimmer! Es war liebenswert antik gestaltet. Kupferwasserhähne über dem Waschbecken. Die Badewanne mit den Klauenfüßen fand sie richtig schick. Es dauerte sicher noch, bis Magnus kam, und zur Einstimmung erschien ihr ein Bad sehr verlockend.

Kurzentschlossen ließ sie Wasser ein. Auf einem Regal standen verschnörkelte Glasflakons mit ovalen Etiketten, auf denen der Inhalt vermerkt war. „Schaumbad" stand auf der größten Flasche mit perlweißer Füllung. Sie hob den Stöpsel an und roch den eleganten, sinnlichen Duft. Zuerst ließ sie nur ein paar Tropfen, dann eine großzügigere Menge der dickflüssigen Seife in das Wasser fließen. Sofort bildete sich üppiger, duftender Schaum.

Sie streifte ihre Kleidung ab und rutschte tief in die riesige Wanne. Vor sich hin träumend genoss sie das heiße Wasser. Es erzeugte ein sinnliches Gefühl auf ihrer Haut, wenn es über ihr Dekolleté strich, ihre Brüste umfloss.

Eine Tür knarrte. Platschend ließ sie die Hand in das Wasser sinken. Sie richtete sich auf, schaufelte Schaum vor ihre Brüste und horchte auf weitere Geräusche. Da! Schritte! Sofort verließ sie aller Mut. Lass es bitte Magnus sein, betete sie.

Jemand lief durch das Zimmer. Es rumste. Jemand fluchte. Magnus! Erleichtert ließ sie sich zurück in das Wasser sinken.

Magnus trat ins Bad und lehnte sich gegen den Türrahmen. Lächelnd betrachtete er sie in der Wanne. Verlockend hob sie ein Bein aus den Schaumbergen und fuhr mit dem Badeschwamm darüber. Magnus zog anerkennend eine Augenbraue nach oben.

Sie rekelte sich im Wasser, sodass ihre Brüste aus dem Schaum hervor blitzten. Offenbar verstand er dies als Einladung, denn er löst sich vom Türrahmen und entledigte sich in Rekordgeschwindigkeit seiner Kleidung.

Schnee verfolgte den Striptease und fuhr mit ihrer Zungenspitze über die Oberlippe. Mit gesenkten Lidern warf sie ihm einen Blick zu.

Ein Schauer flutete durch ihren Körper, als er ihre Schultern umfasste, sie in der Wanne ein Stück nach vorn schob und splitternackt hinter ihr ins Wasser stieg. Seine Hände strichen über ihre Schultern, stahlen sich nach vorn zu ihren Brüsten und glitten zu ihren Hüften. Er umfasste ihre Taille und zog sie auf seinen Schoss.

❦

Später, als sie es aus der Wanne herausgeschafft und die Überschwemmung im Bad aufgewischt hatten, lagen sie eng aneinandergeschmiegt in die üppige Kissenpracht gekuschelt.

Nach nur wenigen Minuten schnarchte Magnus in Zimmerlautstärke. Schnee drehte sich in seinen Armen, ohne dass er aufwachte. Sie stützte sich auf den Ellenbogen auf, betrachtete ihren Freund und durchdachte verschiedene Lärmsenkungsstrategien. Ihre Hand schwebte über seiner Nase, sie zog sie im letzten Moment zurück, weil sie das zu gemein fand. Als Plan B streichelte sie ihn sanft an verschiedenen Stellen. Das Massieren des Ohrläppchens gefiel ihm offenbar, denn leise grunzend veränderte er seine Position und es herrschte Stille.

Erleichtert schmiegte sich Schnee wieder an ihn, fand aber keinen Schlaf, die Geräuschkulisse in dem alten Gebäude war ungewohnt für sie. Das Rauschen des Flusses klang beruhigend, aber dann vernahm sie das Knacken des Holzes. Es raschelte auf dem Flur, irgendetwas knarzte leise. Sie setzte sich auf und zog die Decke schützend hoch bis zum Hals. Das Geräusch setzte sich fort. Sie lauschte in die Dunkelheit. Als es immer lauter zu werden schien, rüttelte sie Magnus an der Schulter.

„Magnus, hörst du das? Diese Geräusche!"

Magnus wurde kaum wach, schmatzte und brabbelte: „Alter Kasten. Das ist normal."

Sekunden später schnarchte er wieder. Schnee ließ sich auf ihr Kissen sinken, lag auf dem Rücken und horchte. Sie hörte ein schleifendes Geräusch auf dem Gang, das näher kam und vor dem Zimmer stoppte. Den Kopf leicht angehoben beobachtete sie atemlos die Tür im fahlen Mondlicht. Lange Zeit war Stille, dann klang es, als entferne sich das Geräusch von der Tür. Sie kuschelte sich an Magnus. Der grunzte nur kurz und sie lauschte seinem Atem, bis sie irgendwann einschlief.

Etwas weckte sie auf. Magnus hatte sich zu ihr gedreht, sein Arm ruhte schwer auf ihrem Bauch. Aber da war noch etwas – ein Gefühl der Bedrohung.

Es war stockdunkel, doch sie hat das Empfinden, als ob jemand im Zimmer war und sie beobachtete.

Zuerst lag sie ganz still, wagte kaum zu atmen. Der Eindruck wurde immer stärker und bedrückender. Sie hatte das Bedürfnis, sich unter der Bettdecke zu verstecken. Panik stieg in ihr hoch. Sie befreite sich aus Magnus Arm und tastet hektisch nach dem Lichtschalter der Nachttischlampe. Sie konnte ihn nicht finden. Etwas fiel klirrend zu Boden. Angst schnürte ihr die Luft ab. Endlich spürte sie den Schalter unter ihren Fingerspitzen, drückt ihn nieder, blinzelte in das blendende Licht. Sie schaute sich um, versuchte, das ganze Zimmer zu erfassen – nichts. Erleichtert sank sie in die Kissen zurück. Sie schämte sich für die Angstattacke.

Was hatte das ausgelöst?

Sie schöpfte tief Luft, ließ sie langsam wieder aus ihren Lungen ausströmen und versuchte, sich in den nächsten Minuten auf ihre Atmung zu konzentrieren. So ein alter Raum, das viele Holz – es roch ungewohnt. Sie schnupperte, glaubte, einen exotischen, blumigen Duft wahrzunehmen. Nochmals sog sie die Luft ganz bewusst ein. Blühte etwas an der Burgmauer? Sie beschloss, am Morgen nachzuschauen. Erschöpft sank sie in den Schlaf.

Magnus weckt sie morgens mit einem Kuss und kitzelte sie so lange, bis sie unwillig die Augen öffnete.

„Gut geschlafen, mein Schatz?"

Schnee drehte sich stöhnend zu ihm um. „Ich hatte das Gefühl, ich bin auf dem Dresdner Hauptbahnhof. Ständig raschelte und knarzte hier irgendetwas."

Magnus lachte: „Daran wirst du dich gewöhnen müssen."

Sie versuchte, sich wieder in seine Arme zu schmiegen und die Augen zu schließen. Aber er war gnadenlos. „In einer halben Stunde ist Frühstück befohlen. Raus aus den Federn, meine Mutter ist da recht streng."

„Ich bin müde!", jammerte sie.

„Göttin der Nacht, ich verhungere fast!"

„Du hast Reserven."

Er ließ nicht locker: „Du bist selbst schuld, nach solch einer anstrengenden Nacht benötigt auch der stärkste Liebhaber sein Frühstück."

„Angeber!", knurrte sie aus dem Kissen.

Magnus zog ihr die Decke weg und kitzelte sie so lange, bis sie lachend und nach Luft japsend aufgab.

Mühsam schleppte sie sich ins Bad und machte sich frisch. Magnus ging schon vor, um etwas zu besprechen.

Schnee entschied sich für ihre weiße Leinenhose und ein edles schwarzes T-Shirt. Damit müsste sie präsentabel sein. Als sie sich nach ihren Pumps bückte, entdeckt sie neben dem Bett an einer Schnitzerei der Wandvertäfelung das abgerissene Stück einer wunderschönen, alten, elfenbeinfarbenen Spitze. Kopfschüttelnd hob sie es auf und steckte es in ihre Hosentasche. Sie hätte schwören können, dass es am Vorabend noch nicht da war.

Weih-
nachts-
zauber-
nacht

Weihnachtszaubernacht

In der Ferne erklangen Glockenschläge von der Dorfkirche. Mitternacht. Ein Wispern und Seufzen erhob sich im Raum. Der Parkettboden, von Kratzern und Alter zerschunden, ächzte. Die Wände erzitterten und schmiegten ihre Risse und Scharten in die Schatten der Nacht.

Ängstlich huschte eine Maus durch den Konzertflügel und brachte die zersprungenen Saiten zum Klirren. Eine vergilbte Taste vibrierte, dann löste sie sich und fiel zu Boden in den Schnee, der durch ein zerbrochenes Fenster hereingeweht worden war. Wie Geisterkleider bewegten sich die Fetzen der Spitzengardinen an den Terrassentüren.

Mit dem Verklingen des letzten Glockenschlags ergoss sich Mondlicht durch ein Rosettenfenster in den Saal. Die bunten Scheiben in den Bleifassungen glühten auf – rubinrot, saphirblau, smaragdgrün, zitringelb. Die Lichtstrahlen tanzten gleich einem Kaleidoskop über den Fußboden.

Ein Windstoß wirbelte durch den Raum. Dort, wo er den Schnee vom Parkett pustete, erstrahlte der Grund in frischem Glanz. Die Böe schraubte sich hoch zum Kamin. Es knisterte und Flammen umzüngelten die Holzscheite. Auf dem Sims entzündeten sich Wachskerzen und warfen ihr Licht in den Raum. Die hohen Spiegel, gerade noch matt und blind, reflektierten nun den Schimmer hunderter Kerzen von silbernen Leuchtern und Deckenlüstern. Übermütig fegte der Wind durch die Kristalle, und eine zarte Melodie durchbrach die Stille. Unsichtbare Geisterhände schmückten den Tannenbaum mit Kerzen, goldenen Äpfeln, Nüssen und Lebkuchen, mit bunten Glanzbildern beklebt.

Die Türen schwangen auf. Frauen in pastellfarbenen Ballroben aus Seide, Tüll und mit Spitzenverzierungen und Männer in taillenkurzen Jacken mit Schößen schritten Arm in Arm herein. Sie nahmen Aufstellung und die ersten Takte einer Polonaise ertönten vom Flügel, begleitet von Geigen und Cello. Lachend und plaudernd wirbelten die Paare über das spiegelnde Parkett.

Wieder öffneten sich die Türen. Diesmal zaghaft. Ein Junge und ein Mädchen lugten in den Saal, hielten inne und traten mit staunenden Augen ein. Sie fassten sich an den Händen, drehten sich im Kreis und legten den Kopf in den Nacken, um das Glitzerspiel der Kristalllüster zu bestaunen.

Übermütig zog der Junge das Mädchen zu dem prächtigen Büffet. Elegant hob sie den Rock ihres Empirekleides an und huschte ihrem Gefährten hinterher. Torten mit üppigem Zuckerguss, Schokoladengebäck und Körbe mit Früchten bedeckten die Tafel.

Aber die Augen des Jungen waren auf eine einzelne Schneeflocke gerichtet, die in seine ausgestreckte Handfläche schwebte, als die Kirchturmglocke ein Uhr schlug.

Das Lachen erstarb, die Tänzer verblassten zu Erinnerungen aus fernen Zeiten, das Licht erlosch. Über den Glanz des Parkettbodens legte sich eine schmutziggraue Staubschicht. Ein Lufthauch pustete vertrocknete Nadeln vom Tannenbaum. Das Glanzpapier einer Glitzerfee trudelte zu Boden. Schnee wehte über das Interieur, die prächtigen Seidentapeten lösten sich auf und ließen die Wände in ihrer Nacktheit zurück. Zerfetzte Spitzengardinen an den Terrassentüren führten einen Geistertanz auf. Der Nachtwind gab durch die geborstenen Scheiben den Takt vor. Die Maus huschte in ihr Loch zurück. Ein letzter Hauch Parfüm wehte durch den Raum, bevor Schwermut und Hoffnungslosigkeit auch ihn auslöschten.

Dank

Auch für Kurzgeschichten benötigen Autorinnen Hilfe. An alle, die mich bei der Arbeit an diesem Buch unterstützt haben, einen Riesenschmatzer und ein großes Dankeschön:

Julia bekommt meist die erste Version zu sehen und muss mir sagen, ob es spannend ist. Diesmal haben dabei noch Inge, Frederike, Krissi, Floh, Caren und Heike geholfen. Extra für Anja R. gibt es Ben als Protagonisten ;o).

Dani liest danach sehr kritisch und hilft mir, Murks zu streichen.

Als letzten Schritt schicke ich das Werk mit Herzklopfen an meine großartige Lektorin Anja Feldhorst und knabbere an den Fingernägeln, bis das Feedback kommt. Anja darf nach Herzenslust kritisieren, weil ich weiß, sie gibt mir damit kreative Schubser in die richtige Richtung und macht die Geschichten noch viel, viel besser! Und ich habe es nicht vergessen, ich sammle ein Best-of deiner witzigsten Kommentare. Mal sehen, was uns dazu noch einfällt …

Enrico Frehse von Phantasmal image ist mein genialer Grafiker! Wir hatten sehr unterschiedliche Vorstellungen vom Cover. Enrico hat gewonnen und es ist großartig geworden. Ihr merkt, ich höre auf Profis.

Meinen Mörderischen Schwestern Dank für Motivation und Tipps zum Selfpublishing.

Für meinen Mann einen dicken Kuss und Entschuldigung, dass ich im Urlaub manchmal abgelenkt war. Dann steckte ich mitten im Plot für die Geschichten.

Und natürlich liebe Grüße an meine Lieblings-Buchhändlerin in Wilsdruff, Ines Siegemund!

Sabine Lettau

Geboren und aufgewachsen in Sachsen, hat mich die Liebe nach Zwischenstationen in Berlin und Leipzig in einen kleinen Ort bei Dresden gelotst.

Ich war schon immer eine leidenschaftliche Leserin, habe trotzdem Schulaufsätze gehasst und meine Texte waren immer sehr kurz. Ein BWL-Studium erschien mir praktisch. Mit Zahlen konnte ich umgehen.

Meine Liebe zum Schreiben entdeckte ich erst später … vor mir lag ein wissenschaftlicher Artikel über Nanotechnologie und ich sollte herauskitzeln, wie der Beitrag auch für Normalsterbliche spannend wird.

In Schreibseminaren, einigen Modulen Kulturwissenschaften an der Fernuniversität Hagen und einem Aufbaustudium Autobiografisches Schreiben an der Textmanufaktur habe ich mir Handwerkszeug für das Romanschreiben angeeignet.

Schwarze Romantik ist eine heimliche Leidenschaft seit meiner Jugend. Sie prägt auch meinen ersten Roman „NEBELMÖNCHE", der 2021 erschienen ist. Band 2 und 3 sind in Vorbereitung.

Diese Kurzgeschichtensammlung war für mich eine Fingerübung, die mich im Sommer beim Schreiben sehr glücklich gemacht hat und mental locker für meine nächsten Romanprojekte.

Seit 2019 bin ich Regio-Schwester Sachsen der Mörderischen Schwestern — www.moerderische-schwestern.eu

Wenn Sie Lust haben, etwas über meine neuesten Projekte, Lesungen oder die Entstehung meiner Bücher zu erfahren, dann folgen Sie mir doch auf Facebook oder Instagram!

www.facebook.com/sabine.lettau/autorin
www.instagram.com/Sabine_lettau

LESEPROBE

Luise stellte ihren alten Skoda auf dem Besucherparkplatz unterhalb des Zugangs zur Burg ab. Einen großen Koffer, mehr hatte sie nicht mitgebracht. Sie wuchtete ihn aus dem Kofferraum. Auf ihrem Rücken spürte sie ein merkwürdiges Gefühl, als ob sie beobachtet würde. Sie sah sich um. Der Parkplatz lag fast verlassen da. Drei Autos parkten am Rand. Das Empfinden blieb. Sie drehte sich weiter und entdeckte einen Raben. Er hockte auf dem Wegweiser und verfolgte ihre Bewegungen.

„Huh!"

Luise ruderte mit den Armen, um ihn zu erschrecken. Das Tier blieb stoisch auf seinem Platz. Sie zerrte ihren Koffer an den Parkplatzrand, direkt bis zum Hinweisschild. Der Rabe blieb sitzen. Luise stellte sich vor ihn hin, verschränkte die Arme und lieferte sich ein Blickduell mit dem Vogel. Er bewegte nicht ein einziges Mal das Lid.

Haben Raben Augenlider?

Luise zuckte mit den Schultern. Egal, sie mochte die Biester nicht. Zu schlechtes Image – Galgenvögel, Aasfresser, Unglücksboten, Spione Odins. Dabei wirkte der Rabe mit dem tiefschwarzen Federkleid und den glänzenden schwarzen Augen majestätisch. Und erstaunlich groß war er.

Luise wandte sich zum Aufgang der Burg, einer schmalen Straße, die den kleinen Hügel hinaufführte. Der Koffer holperte über das Pflaster. Als sie sich umdrehte, hatte der Rabe seinen Platz verlassen. Sie suchte den Parkplatz ab und entdeckte ihn auf einer Laterne an der Burgmauer. Immer noch fühlte sie sich beobachtet. Sie ignorierte ihn und stieg den Weg zur Burg hoch.

Das rundbogige Burgtor erhob sich aus der massiven Steinmauer und wurde von einem Wappen und Sandsteinfiguren gekrönt. Kurz hinter dem Eingang lugte ein schmiedeeisernes Fallgitter aus der Gewölbedecke. Sie durchquerte das Tor und konnte in einen gepflasterten, weitläufigen Hof blicken. Das Rattern ihres Koffers musste in der ganzen Burg zu hören sein. Sie blieb kurz stehen und inspizierte den Burghof. Ringsum waren die historischen Mauern mit Glaselementen modern saniert worden.

Ein Plan am Eingang zeigte die Lage des Musik-Gebäudes mit Festsaal und Proberäumen rechts vom Eingang, links befand sich ein Komplex aus Gästehaus, Stiftungsverwaltung und Burgküche. Auch das war ein modernes lichtdurchflutetes Gebäude mit viel Glas. Überall hatte man Felsen und Mauerreste in den Neubau einbezogen. Am Ende des Burghofes war ein mittelalterliches Burggebäude mit Turm erhalten und saniert worden. Die Wirkung war atemberaubend.

Der Anwalt und Luise hatten vereinbart, dass niemand erfahren sollte, dass sie die Nichte von Albrecht Brandstetter war. Sie würde als befristete Mitarbeiterin für ein Jahr einsteigen und sich um das Veranstaltungsmanagement und die Pressearbeit kümmern.

Luise folgt dem Schild „Anmeldung" und betrat das Gästehaus. Der Fußboden war mit Sandsteinplatten ausgelegt, die Wände weiß, die Möbel schlicht, aus hellem Holz. Sie ließ ihren Blick durch den Raum schweifen. Anthrazitfarbene Sitzsäcke, Sessel und Couches wirkten sehr einladend. Eine schlanke Frau um die Fünfzig kam aus einem Hinterzimmer und trat an den Tresen.

„Sie müssen Frau Dornbusch sein! Herzlich willkommen. Ich bin Valentina Richter. Sagen Sie einfach Valentina zu mir."

Luise mochte die Frau auf Anhieb. Aus ihrem rollenden R hörte sie einen osteuropäischen Akzent heraus.

„Ich bin Luise und habe von Dr. Zeibig schon viel über Sie gehört. Er meinte, Sie wären die gute Seele von Cummersee."

„Du lieber Himmel!" In Valentinas Gesicht breitete sich ein Lächeln aus. „Ja, ich bin fast zwanzig Jahre hier."

Luise grübelte. Dass sie es so lange bei ihrem Onkel ausgehalten hatte?

„Klingt nach einem netten Chef, wenn Sie schon so lange da sind …"

„Ja, Herr Brandstetter war überaus großzügig zu Leuten, auf die er sich verlassen konnte. Ich hatte eine sehr gute Zeit hier mit ihm."

„Also kein Menschenfresser?", fragte Luise.

Valentina schaute sie nachdenklich an.

„Glauben Sie nicht alles, was man erzählt. Verbittert. Das trifft es besser. Aber das ist eine alte Geschichte." Sie hielt nach Luises Gepäck Ausschau. „Ist das alles?"

Luise nickte.

„Und Sie sind wagemutig und wollen in der alten Burg wohnen?"

„Klar. So etwas wollte ich schon immer ausprobieren."

„Ich finde das nicht gut."

„Warum? Gibt es Gespenster?"

Valentina schnaufte. „Nein, ich bin nicht abergläubig. Aber glauben Sie mir, in so einem alten Gemäuer knirscht und knarzt es und nachts alleine ist das unheimlich." Sie hatte ihre Stimme gesenkt und fixierte Luise eindringlich.

Diese lächelte. „Ich fürchte mich nicht!"

Valentina winkte Luise mitzukommen. Sie marschierten quer über den Hof zum alten Burgteil hinüber. Die Front hatte ein großes Sandsteinportal und ein Stück links davon noch eine kleine Pforte. Letztere schloss Valentina auf. Dahinter war ein mit Steinplatten ausgelegter, dämmriger Gang. An den Wänden hingen mittelalterliche Waffen und Schilde.

„Verteidigen könnte ich mich schon einmal", versuchte Luise zu scherzen.

Valentina schnalzte nur mit der Zunge. Eine eisenbeschlagene Holztür, die vermutlich auch Rammböcken standgehalten hätte, führte in eine Halle. Gobelins verhüllten teilweise die Wände. Ein riesiger geschnitzter Schrank, schwere Stühle entlang der Wand, zwei Rüstungen und Fackeln in Halterungen erfüllten alle Klischees von mittelalterlichen Burgen.

Luise blieb unter dem Gemälde eines imposanten dickbäuchigen Herrn stehen. Er war in schwarzen Samt gekleidet, mit juwelenverzierter Knopfleiste über dem gewaltigen Bauch und blütenweißem Spitzenkragen. Sein Gesicht wirkte schwabbelig. Das verbargen auch der dichte graue Schnauz- und Kinnbart nicht. Trübsinnig beäugte er das Geschehen in der Halle.

Luise konnte sich nur schwer von dem Porträt trennen. Mit Verzögerung eilte sie Valentina hinterher in den ersten Stock. Ein Gang führte jeweils nach links und rechts. Schwere Holztüren zweigten ab. Die Wände waren weiß gestrichen und wieder üppig dekoriert.

„Herr Brandstetter hat den alten Burgteil mit seinem Sammlerfleiß zu einem wahren Museum gemacht. Aber ich verstehe nicht, warum Herr Dr. Zeibig zulässt, dass Sie hier wohnen. Wir haben im Gästehaus so schöne, moderne Zimmer."

„Ich habe ihn mühsam überreden müssen. Bitte, Valentina!" Luise schaute flehend. „Bitte, bitte, das ist schon so lange mein Traum!"

Valentina blieb besorgt. „Aber nicht, dass Sie Angst bekommen. Hier hört man nachts so einiges. Da sind immer Geräusche in dem alten Gemäuer und erst bei Sturm und Unwetter ... sagen Sie es einfach, wenn Sie das sattbekommen! Bisher hat es noch niemand lange hier ausgehalten. Außer Herr Brandstetter natürlich. Selbst Herr Dr. Zeibig mag nicht in dem alten Kasten schlafen."

Sie tippte einen Sicherheitscode in ein Display ein und führte Luise durch eine Reihe verbundener Räume auf der linken Flurseite. Die Fußböden bestanden aus schlichten Holzdielen in einem dunklen Honigton. Die Holzdecken waren mit floralen Mustern bemalt. In jedem Zimmer dominierte eine Farbe –

Grün, Rot oder Blau. Die Fenster verhüllten halbtransparente Vorhänge und dämpften so das Sonnenlicht. Dicht an dicht hingen Ölbilder in verzierten Goldrahmen an den Wänden.

In den Glasvitrinen funkelten mit farbigen Steinen besetzte Kruzifixe und ein Fabergé-Ei. Luise überlegte, ob es echt war. Ihr Onkel schien auch eine Vorliebe für Porzellanfiguren in Rokokokostümen besessen zu haben. Luise spazierte um die Vitrinen herum. Silberne Tafelaufsätze, Abendmahlskelche, eine alte Geige – ihr Onkel hatte sein Herz an wirklich schöne und einzigartige Dinge gehängt. Mit wem hatte er die Freude daran geteilt? Die Dinge gehörten in ein Museum, für viele Menschen.

Die nächste Gangtür führte in eine Bibliothek. Luise schloss die Augen und holte tief Luft, um den typischen Geruch nach Leder, altem Papier und Staub einzusaugen. Sie liebte diese Atmosphäre, fühlte sich inmitten der deckenhohen Bücherregale geborgen.

„Wir müssen weiter", mahnte Valentina. Sorgfältig schloss sie die Tür wieder ab.

Luise hatte erspäht, dass jedes Zimmer seinen Namen hatte, der, auf Emaille-Täfelchen eingraviert, an dem betreffenden Schlüssel angebracht war. Eine Tür wollte Valentina auslassen.

„Was ist da drin?", fragte Luise.

Valentina stockte, schließlich meinte sie „Was soll's" und schloss auf.

Die Zimmer waren gänzlich anders eingerichtet. Keine Schnörkel, kein Samt, nur klare Linien. Die Wände hatten einen zarten Lavendelton, bis auf die weiß gestrichene Täfelung. Die Vorhänge waren schlicht und in einem dunkleren Violett. Der Fußboden bestand aus matt glänzenden Holzdielen. Das moderne Sofa mit dem weißen Überwurf und die beiden Sessel mit weißem Bezug irritierten Luise. Auch die Möbel – viel Glas und weißlackiertes Holz – fand sie ungewöhnlich für eine Burg.

„Wer wohnt hier?", fragte sie verblüfft.

„Seit vielen Jahren niemand mehr. Die Zimmer gehörten der verstorbenen Frau von Herrn Brandstetter."

„Er war verheiratet?" Luise starrte sie geschockt an.

„Das geht uns nichts an." Valentina verstummte, und Luise nahm sich vor, den Anwalt zu fragen.

Sie betraten die Räume ihres Onkels, die letzten Zimmer auf der rechten Seite des Flurs. Und kaum stand sie darin, beschloss Luise, dass sie sobald wie möglich hier einziehen wollte. Es waren drei Zimmer mit Blick auf den See. Das erste dieser Zimmer war rund.

„Hier sind wir im Turm", erklärte Valentina.

Luise beschloss, sich das von außen anzuschauen. Das Turmzimmer beherbergte das Arbeitszimmer. Ein wuchtiger Schreibtisch stand vor dem Fenster. Die Wände hatten eine Holzvertäfelung und ein Bücherregal, das in die Täfelung eingepasst war.

„Das ist wunderschön hier!" Luise drehte sich um sich selbst, um den Raum insgesamt betrachten zu können.

„Ja, hier in diesen drei Zimmern hat der Herr Brandstetter fast ausschließlich gelebt", erklärte Valentina mit Befriedigung. „Der alte Schelm muss aber noch andere Ausgänge aus seinen Zimmern gekannt haben", setzte sie hinzu, „denn er tauchte urplötzlich in anderen Teilen des Gebäudes auf, ohne dass ihn eine Seele hätte den Korridor betreten sehen. Ja, ja, in diesen alten Gemäuern gibt's allerhand Schlupfwinkel!"

Luise schlenderte neugierig weiter in das zweite Zimmer, den Wohnraum. Bequeme Sitzmöbel mit Samt bezogen, Wandpaneele, ein Kamin und das Ölgemälde einer wunderschönen dunkelhaarigen Frau im reichverzierten Rahmen darüber ergaben ein gemütliches Ambiente. Trotz der Antiquitäten wirkte es so, dass man es gern benutzen und sich in den Sessel fallen lassen würde.

Den dritten Raum dominierte ein mächtiges geschnitztes Himmelbett, verhüllt von gerafften Brokatvorhängen. Die Möbel erschienen schwer, waren reich verziert und schwarz vor Alter. Vor einer spitzbogigen Tür befand sich ein Austritt, daneben stand ein Lehnstuhl. Luise trat näher. Der kleine Balkon war groß genug, dass man Tisch und zwei Stühle daraufstellen konnte. Efeu umschlang das Steingeländer.

Sie öffnete die Tür und ging hinaus. Die Maisonne schien wohltuend auf ihre Haut und sie genoss den Moment. Zufrieden schweifte ihr Blick über die Landschaft. Der See lag geheimnisvoll und glitzernd unterhalb der Burg. Er dehnte sich bis zu einem Wald aus, an dessen Rand eine Landzunge in den See hineinragte. Ein Pavillon stand an der Spitze.

„Der Balkon ist zauberhaft!"

„Er befindet sich direkt über der ehemaligen Gruft."

Die Härchen auf Luises Unterarmen richteten sich auf. Ein Schatten und Lufthauch streiften sie. Instinktiv zog sie den Kopf ein.

„Ach, da ist er ja wieder!"

Valentina griff in ihre Schürzentasche und streute Walnusskerne auf das Steingeländer. Ein Rabe ließ sich darauf nieder und starrte Luise regungslos an. Fragend richtete Luise ihren Blick auf Valentina.

„Der Herr Brandstetter und der Rabe waren gut befreundet. Der Vogel hat oft hier auf dem Geländer oder dem Fensterbrett gehockt, wenn er gelesen hat."

Luise fand den Vogel unheimlich und trat wortlos in das Schlafzimmer zurück.

„Das war das letzte Zimmer auf dem Flur. Hier ist also der alte Burgteil zu Ende?"

„Nein, da ist noch ein Flügel rechts, auch die alte Kapelle gehört dazu, aber sie ist zugemauert. Ist wohl einsturzgefährdet. Ich bin selbst nie darin gewesen. Sie war schon vor meiner Zeit verschlossen."

„War da niemand neugierig?" Luises Interesse war geweckt.

„Niemand, den ich kenne, war jemals darin. Ich habe auch noch nie Bilder vom Innenraum gesehen." Valentina überlegte. „Schon merkwürdig, aber vermutlich war da nichts Besonderes."

Diese Burg, die Räume ihres Onkels, die Kapelle, Luise fühlte sich wie in einen Roman katapultiert. Sie nahm sich vor, bei der ersten sich bietenden Gelegenheit zurückzukehren und sich die Zimmer ihres Onkels genauer anzuschauen. Und sie musste einen Weg in die Kapelle finden.

Ob wohl noch etwas in der Gruft ist, überlegte sie.

Beschwingt durchschritt sie noch einmal die Räume.

„Ich weiß nicht, ob es richtig ist, dass wir hier drin sind. Aber ich wollte Ihnen alles zeigen, damit Sie sich nachts weniger fürchten. Geheimnisse wecken die Fantasie, meinte meine Großmutter immer."

Wie wahr! Luise zuckte zusammen, als ein schwarzer Schatten am Fenster vorbeiglitt.

„Ach, jetzt ist auch der zweite Rabe da."

„Noch einer?" Luise atmete prustend aus.

„Ja, als wollten sie kontrollieren, was in den Zimmern von Herrn Brandstetter vor sich geht. Nach seinem Tod haben sie lange Zeit jeden Tag auf dem Fensterbrett gesessen. Direkt neben dem Lehnstuhl, in dem er eingeschlafen ist." Valentina hatte ein Staubtuch aus ihrer Schürzentasche gezogen und wischte über ein Schränkchen.

Luise fröstelte und betrachtete die Raben argwöhnisch durch das Fenster. Die hockten vor dem Schlafzimmer nebeneinander auf dem Steingeländer. Ihre Blicke waren auf Luise gerichtet. Sie zuckte vom Fenster zurück.